ブラックチャンネル
異世界では鬼ヤバ動画の撮れ高サイコーな件

すけたけしん／著
きさいちさとし／原作・イラスト

★小学館ジュニア文庫★

Chapter 00

オレちゃんはブラック。
鬼ヤバ動画クリエイター。
平和な日常にも…、
実は裏側があります。

【異世界】！
元の世界には帰ってこれないかもしれません。

迷い込んでみたいと思いませんか?

ブラックチャンネル

~異世界では鬼ヤバ動画の撮れ高サイコーな件~

Contents 目次

Chapter 00
悪魔系動画クリエイター衝撃宣言！
002

Chapter 01
【実録「異世界でひとりぼっち」になっちゃった件】
ブラックチャンネル【公式】
007

Chapter 02
【もしも世の中が「すべて平等」だったら、…案外うまくいかなかった件】
ブラックチャンネル【公式】
105

Characters　人物紹介

さとし

ブラックの正体を知っている小学生ヨーチューバー。めっちゃ平凡。

ブラック

悪魔系の動画クリエイター。バズりまくる鬼ヤバ動画を作る天才。あらゆる人間の本性をあばいてしまう。

市井ひめ

学年1位のアイドル女子。とにかく人気者。

平等

平等が大好きなクラスメイト。執念深く、ねちっこい性格。

カメラちゃん

ブラックの助手。鬼ヤバ動画を撮るために欠かせない能力を持っている。

Chapter 01

【実録「異世界でひとりぼっち」になっちゃった件】ブラックチャンネル【公式】

さとしの場合

645K views …

みなさん、こんにちは、悪魔系ヨーチューバーのブラックです。
お元気でお過ごしでしたか？

相変わらず、甘い声ですね…って？
ありがとうございます。
ステキな声ですね、もっと聞いていたい…ですって？
ありがとうございます。

オレちゃんの声を覚えてくれていたんですね。

そうなんです、生まれたときから、こっくりと甘い、まるでバニラみたいな声だね、と言われているんです。なにか、気持ちのよい安らかな風が耳から入ってくるようだ、ってね。

どうしてそうなったかは、自分でわかりませんね。

ええ、ええ、わかるものではございません。

オレちゃんは、今日も今日とてスターの素質のある小学生を探して、鬼ヤバ動画を撮る毎日です。

というわけで！


突然ですが…、あなたが世界にひとりっきりになったら…、どうしますか…？

どうですか？

えっ、急に言われても…。

と、あなたは心でそう思いましたね？

それでは小学生ヨーチューバーのさとしにインタビューしてみましょう。ひょんなことがきっかけでずっと仲良くしている小学5年生（人間）です。悪魔系ヨーチューバーと小学生ヨーチューバーが友だちだっていうのも、オツなもんです。

「世界にひとりっきりになったらどうしますか？」

「うーん。さびしいし…、やっぱりやだよ…っ！」

「でも…、完全に自由な世界ですよ！」

「確かに…誰にも怒られないし、誰にも注意されないかも、…そう言われるとそうだけど…」

…というわけで、今回の1本めの鬼ヤバ動画は…!!

異世界でひとりきりになった、さとくんのお話です。
やりたい放題？　それとも、心細い？

さとくんの本性が、あらわになってしまうかも。

撮影はいつもの通り、オレちゃんの右腕、カメラちゃんです。
さっきから「ジー」と音を出しながら飛んでいる、銀色の小型の鳥みたいなのがカメラちゃん。決定的瞬間を逃さず撮ってくれますからね。頼もしいやつです。まかせておけば心配ありません。

さぁ、見てみましょう。

異世界の大冒険！
つきそいは、オレちゃんこと、悪魔。ブラックがご案内します。
それでは幕が開きます。
さぁさ、行ってみましょう！

市井ちゃんを見てたらバレた、ヤバい

「市井ちゃんは、やっぱかわいいなあ」

さとしは、ほおづえをついていた。授業を全然聞いてない。

「まつ毛がいいよなあ。くるんとカーブしてて。ツヤッツヤだもんなあ」

ここは優中部小学校の教室。5年1組は4時間目の国語の時間だ。なのに、さとしは、さっきから黒板を見ていない。担任の通称：おにぎり先生がいっしょけんめい、授業をしているというのに。

授業を聞かない代わりに、ぽわーんとした目つきで、さっきから学年人気1位の市井ヒメちゃんのことをずっとながめているのだった。

市井ちゃんの席は、さとしの席から左ななめ前のその向こうの向こうだから、奇跡的に、ユウトとケンジのすきまをぬえば横顔が見えるのだ。

先生の声なんか耳に入ってこない。だって、市井ちゃんが気になってしょうがない。

肩までのふんわりした髪に水色のリボン。清潔そうな丸えりの白いブラウスが似合っている。胸元には赤いひものリボンが笑うたびに揺れている。

か、か、か、かわいい。

さすが、学年人気ナンバーワン女子。

そもそも、さとしが小学生ヨーチューバーになろうと思ったきっかけは、市井ちゃんだ。

ヨーチューバーになってカメラを構えたら、市井ちゃんを撮ることができる。そうしたら、市井ちゃんをジッと見ていてもなんの問題もないじゃないか？

市井ちゃんは、見つめ返してくれるじゃん！　こっちがくちびるを見ていても、誰にもバレないんじゃないか？

そんなヨコシマなことを思ったから、よーし、ヨーチューバーになって、見たいところを見たいだけ、全部見ようと思ったのだった。（このエピソードは、第1巻に詳しく紹介してあります）

カメラがあったら、「こっちを見て」と言える。

でも、さとしは勇気が出ないから、カメラがなかったら、「こっちを見て」とは言えない。

なので、授業中は、かえって市井ちゃんをじっくりながめる大チャンスなのだ。

そして、どういうわけだか、さとしの心中としては、見ていることは市井ちゃん本人にも、ほかのクラスのみんなにも、絶対にバレたくはない。バレたらなにを言われるかわからないからだ。

だから、こそこそ、チラチラ、こそこそ、チラチラ、と横顔をのぞき見しているのだった。

さとしは、あいかわらずほおづえをつきながら、こう思った。

しかし、この席替えはナイスだったなあ。本当は市井ちゃんの横や後ろがよかったけれど…、そしたら、消しゴムの貸し借りをしたり、自然に会話をしたり、できたかもしれないけれど…、いやいや、斜めから、ユウトとケンジをはさんで見る、この角度が！　これまた最高なのよ――――!!!

そんなことを思っていたら、

キーンコーン、とチャイムが鳴ってあっという間に授業が終わってしまった。幸せの時間は終了。さとしは勉強には身が入らないくせに、

あー、授業が終わっちゃう。残念。

早く休み時間が終わって、授業にならないかなあ、そしたらまた市井ちゃんをずっと見ていられるのに。


そんなことを思うしまつである。


「はい、というわけで、ここテストに出るぞー、しっかり復習しておくように！」

おにぎり先生が最後に黒板にぐるぐる丸を書いた。そしてチョークを置いて、職員室へ帰っていった。

授業が終わった。教室はざわめき、休み時間になったとき、

「おい！　エロさと！」

と、ポンと肩を叩かれた。

「ビクッ！　びっくりさせるなよー」

口をとんがらしてふりむくと、声をかけてきたのは、クラスの〝恋バナ情報通〟と言われている、恋花さんだった。

「てか、エロさと、ってなんだよー!!」

さとしがそう言うと、恋花さんはにやにやと笑いを浮かべている。

彼女は、「誰と誰がつきあってるかもしれない」「誰と誰がふたりきりになった」「誰と誰はよく目が合ってる」「誰は誰に片想いしてる」「誰は筆箱の内側に好きな人の名前を書いている」…みたいな、ゴシップをよーく知っている。恋愛情報通なのだ。

今、恋花さんは獲物を見つけた猛獣のような目つきで、さとしを見つめてこう言った。

「エロさと〜、あんたさぁ…、市井ちゃんのこと、好きでしょ!」

ドキッ

ばれてる?

そう思った瞬間に、心臓が服を破って外に飛び出しそうになった。

汗がにじんできた。

「そんなこと…」

ないよ、と言う間もなく、

「さっきから、バレバレー。チラチラ見てるのバレバレ～」

「べ、べつに…、好きじゃ…ぁ…」

恋花さんがプレッシャーをかけてくる予想外の展開に、さとしは、混乱して目がくるくると回りそうになってきた。

「あぁ～～～～～」

さとしは叫び声を上げた。だめだ、パニックを起こしかけている。

「違うの？」

クラスの恋バナ情報通
恋花さん

とやさしい声で恋花さんが念を押した。

「そ…そう…（好きなんかじゃないよ！）」と言いかけた。

この瞬間、パニック5秒前だったさとしの頭はなぜか一瞬だけシュンと冷静になった。空回りしていたギアが急にかみあったみたいに、考えが頭をめぐり始めた。


待てよ。

この恋花さんとのやりとりは、ちょっとした騒ぎだ。もうクラスのみんながこっちを見ている。

だって、心なしか教室全体がざわざわしてる。こっちを見ている目線を感じる。

ってことは、市井ちゃんも…もしかしたらこっちを見ていて、おれがなんて言うかに注目しているかも。

今、おれのまうしろに市井ちゃんがいて…耳を澄ませているかも…

そしたら、市井ちゃんは、

「え、さとくん、違うの？　私のこと好きじゃないの？」

と、ぴえんと泣いてしまうかもしれない。

さとしはいっしょけんめい、想像した。いや、想像というより、自分勝手な妄想といった方が合ってるだろう。

あ。もしかしたら、市井ちゃんは、
「私だって、さとくんのこと、好きだったのに！」
と言おうとしている、まさにその瞬間かもしれない。かも…。

電光石火でたくさん考えた。そして、結論が出た。恋花さんに、
「そう、違う…っていうか!!!」
と、はっきり言った。

「っていうか…？　っていうか…ってなによ。はっきりしなさいよ。あんた…顔がめっちゃ赤くなってるわよ」

恋花さんはそう指摘した。

その瞬間、さとしは、ボッと口から熱い湯気を出した。

ダメだった。顔中が熱い。ここまでだ。またパニックだ。頭が爆発しそうになって、もうアカン、限界だ～と思ったので、さとしは「トイレ！」と叫んだ。そして、ガタンとイスから立つとダッシュで教室から走り出た。

「逃げた！」

と、恋花さんが言った。

(作者注：読者のみなさんへの報告ですが、市井ちゃんはこのふたりのやりとりには、そもそも全く気がついていなかったということです)

　さとしは勢いよく廊下に出た。

ダ――――っと廊下を走りながら、左右の景色が後ろにすっ飛んでいくのを感じていた。パニックのなかで思わず、声を出していた。

「誰もいないところに、行きてーっ!!」

大声で本音を叫んだ。

しん……

「ん？」

しーーーん

「ねぇ、ブラック？　静かすぎない？」

さとしは異変を感じてブラックに呼びかけた。
だって、急に学校中から人の気配が消えたから。
さとしは、不安になった。
不安にかられて、走ってきた廊下を1組の教室まで戻ってきた。
ガラッと、教室の扉を開けてのぞいてみた。

し────────ん…

誰（だれ）も、
いない…」

……………………

「なんで？」

ふいに、チョンと肩を叩かれた。

ぎや――

さとしは真上に50センチくらいすっ飛んだ。

驚きすぎて、自己新記録くらい飛んだ。


よくよく見ると、目の前でニンマリ笑っているのは、ブラックだった。

肩をチョンとしたのは彼だ。さとしは、

「ブラック！　いったいなにを始めたんだよ――、おどかすなよ」

と苦笑いしながら言った。

いつものように、ブラックが悪魔の魔術を使ったか、大掛かりにいたずらをし始めたかと思ったのだ。

ところが、ブラックはけげんな顔をして、

「オレちゃん、なにもしていないですよ。急にみんないなくなっちゃいました。ここにいるふたりを残して。オレちゃんもびっくりです」

と、言ったのだ。

「う、うそだ…」

「ほんと」

「うそだ！　どっかに隠れてる！　かくれんぼ？　そうだ、２組は？」

さとしは空っぽの１組の教室を出て、隣の２組を見にいった。

でも、

しーーーーーーーん…

「そんなぁ」

「ね？」


それから、さとしは学校中を走り回った。職員室も、校庭も人がいない。市井ちゃんも恋花さんも、給食のおばちゃんも、いなかった。

ブラックが小さく翼を出して羽ばたきながら、さとしの後をついてきた。

「ホントにみんな消えた…そんなこと、ありえるのか…」

なんだかおかしなことになってきた。

さとしは、自分の体温が1度くらい下がったかと思うくらい、気持ちが冷えた。困ってしまって、体の力が抜けていく。そして、ペタンと廊下に座り込んだ。

やがて、あたりをキョロキョロしながら、アゴに手をやっていたブラックが、

「カカカ、なるほど…」

と、冷静に言った。

「消えたのはみんなではなくて…、さとくんなのかもしれないです…」

「え。どういうこと？　ぼくが消えたってこと？」

「みんなは元の世界にいるんです。そこから、さとくんだけが消えたんです」

「え？」

「じゃ…じゃあここはどこなんだよ！」

「さとくんは……、現実とは似ているようで、まったく違う世界…、異世界に迷い込んだっぽいです…」

そう言うと、バンザイをした。お手上げ、ということなのかもしれない。

ブラックの顔は笑っているように見える。

「えええええ――――――――っ!!! 異世界い――――――――っっ!!!」

さとしもつられて思わず、バンザイをしてしまった。そして、

「困るよ…、信じられないよ…」

と、小さな声で気持ちを口にした。

「異世界ってなんだよ、イセカイってなんだよ。イセカ――――――イっっ!!!」

と、今度は大きな声で叫んだ。

がらんどうの学校に、さとしの声だけがこだました。誰からも、なんの返事もなかった。

「だって…あれ、おれはなにしてたんだっけ？　いったい…どういうこと？」

心細くなったさとしをなぐさめるように、ブラックはここいちばん、砂糖菓子のような甘い声で話した。

「異世界の話は実は有名です」

「ゆ、有名なの？」

「このような誰もいない世界の話は、ネット上にもたびたびカキコミが出るのです…。『子どものころに変な体験をした記憶があって』とか、『不思議なことがあって村から誰もいなくなって』とか、『誰もいない町に行ったことがあります』とか…」

「同じような目にあった人たちがいるってこと？　その人たちは、無事に帰れたの？」

「さあ」

「………」

「………」

二人は顔を見合わせた。

「ブラック、さあってどういうこと？　そんな…やだ…助けてブラック！　帰りたい！」

さとしがそう言った瞬間に、ブラックは、

「ええええええええ――――、まさか⁉」

すっとんきょうな大きな声を上げた。

その瞬間、ブラックの顔は風船のように3倍にふくらんだ。ブラックは驚いたり、興奮したりすると顔のサイズが自由自在にデカくなるのだ。

「えっ、うそでしょ、帰りたいんですか？　もったいない！」

キッパリとそう言った。

「ほかに誰もいないということは、なんでもできる自由な世界じゃないですか！さとくん、鬼ヤバ動画を撮り放題ですよ！」

ブラックは急にテキパキとノートブックコンピュータの画面を開けて、タカタカタカとキーパンチして、さとしにサムネールを見せつけた。

職員室でお宝発見！　先生の机、引き出しを全部開けて持ち物検査

好きなだけ2度寝、ギネス記録達成か⁉

入場料をはらう場所に全部ただで入ってみた！

ショッピングモールの裏側どうなっているの？　全部お見せします！

コンビニに住んでみたら、なんでもあるから最高だった！

究極のドキドキ、好きなあの子の部屋に、勝手に入っちゃった！

映画館かしきりナイト！　大画面&爆音でゲームをしてみた!!

ゲーセン景品〝お店まるごと〟すべて取るまで「かえれま10」

なんでもできる自由な世界じゃないですか！
職員室
お宝発見！？
先生の机ぜんぶ開けて持ち物検査
鬼ヤバ動画撮り放題ですよぉー!!
好きなだけ2度寝
ギネス記録達成！？
入場料はらうところぜんぶタダ
ショッピングモー
こうなってるのか…！
お店の裏側ぜんぶお見せします！

「さとくん、これ、全部やりましょう。バズりますよ！」

ブラックは超楽しそうな顔で言った。興奮のせいか、口が顔の半分くらいまで大きくなっている。

さとしはかえって感心した。

「んあー、こんなときになんてことを考えてんだ！　しかし、よくこんだけすぐに思いつくなあ」

ブラックはアイデアの宝庫。動画の才能の塊だ。

そして、確かに、そう言われてみると、楽しそうに思えてきた。

「でも…。でもでも、で〜も！　帰る方法は見つけなきゃ」

「そんなのあとあと。さっそく、撮影、GOです。だってヨーチューバーなんだから！

撮って撮って、撮りまくらなきゃーっ」

「ヒェ――――」

こうして、無人の異世界の大冒険が始まったのである。

撮影開始

「カメラちゃん、撮影準備はいいかい？　それじゃ回して、よーい、ハイ！」

ブラックの助手のカメラちゃんは、お弁当箱くらいのサイズの銀色の物体だ。

顔がカメラのレンズになっていて、小鳥のように空を自由に飛べる。

つまり、ブラックの撮りたいものをどんどん撮影してくれる、優秀な撮影スタッフなのだ。

カメラちゃんが、画角を決めて、ブラックを中央にとらえると、あうんの呼吸で、ブラックがまじめな顔で実況中継を始めた。

「ヨーチューブをご覧のみなさん、こんにちは。オレちゃんたちは今、誰もいない学校を探検中です！　まずは、職員室に来ました。先生たちの裏側をあばいていこうと思います」

うまいもんだ。そう言うと、カメラちゃんはスルスルと職員室に潜入していく。息をひそめて危険な洞くつに入っていくような、スリル満点の演出だ。

「職員室ってなんかキンチョーするんだよな」

さとしがつぶやいた。

そりゃそうだ。さとしが職員室に呼ばれるときは、だいたいが怒られるとき。呼び出されて扉の前に立って、ああ、入るのはいやだなあ、と思いながら入る部屋なのだ。

そして、なぜか、大人の匂いがする。学校なのに、ここだけ学校じゃない感じがするあの独特の匂いが今日もした。職員室には誰もいない。生き物の気配がない。静まりかえっている。

「失礼しま〜す」

ブラックが先に入っていく。

「緊張感いっぱいの職員室、でも…、みなさん、今はなんでもできちゃいます。だって、誰もいないから」

さとしはあとをついていく。少し悪いことをしている気分だ。

「さて、始まりました、みなさんお待ちかね、職員室大調査〜〜〜!!! あ、これは5年1組の担任、おにぎり先生の机ですね。さっそく勝手に開けてみましょう! オープン!! ひきだし、ガラガラっと!」

ブラックが盛り上げた。さとしの担任の先生は、眉毛がのりのように太くて、三角頭で生徒からは「おにぎり」と呼ばれている。

「わ。怒られるぞ! って、いないから、怒られもしないか…」

と、さとしは目を閉じた。

「おっ、これは…!」

ブラックの声にさとしは目を開けた。

「えっ、お宝発見？　ぎゃ――――」

おにぎり先生の引き出しから出るわ出るわ。

アイドルの写真がいっぱい出てきた。推しはひとりだけじゃない、何人もいる。

しかし、よくもまあ、紙焼きの写真をこれだけ集めたものだ。

50枚くらい出てきた。

いつ、こっそり見ていたのだろう。

「カカカ！　意外な趣味ですね！」とブラックは軽やかに笑った。

「これは…、見てはいけないものを見た気がす

る…」

さとしは、おにぎり先生が写真を見ながら、『ウヒョーかわいい――』と喜んでいるのを想像して頭を振った。全くイメージできない趣味だ。

「さとくんと同じで、女の子が好きなんですね」

とブラックがぽつりと言ったから、あわてて、

「いっしょじゃないよ！」と否定する。

「本当は家に持って帰りたいけれど、奥さんに怒られるから持って帰れないのかもしれませんね」

ブラックは腕組みをして推理している。

その様子を「ジ――――」と音を立てながら、カメラちゃんが録画していく。

「それにしても一発目から大当たりですね。ふだんは厳しい先生にこんな裏の顔があるとは。ではこの調子で次も開けてみましょう！　それ、オープン！」

「あ――――」

いつも両手をぶらぶらさせているから、クラゲとあだ名がついた2組の先生の机の引き出しを開けたら、

「出た――――」

クラゲの引き出しからは、ゲーム機が次々と出てきた。3個。それと、お菓子が10個も！

「大量ですね」と、ブラックが甘い声を出した。

「ゲームも、お菓子も――。くっそー、おれたちには持ってくるなと怒るくせに！」

さとしが言った。

「自分だって大好きなんじゃゃんか！」

「そうですね、先生も、ひとりの大人として、ストレスをためているのかもしれませんね～、カカカ。人間は本当に面白い！　裏と表があります。そして、裏と表はつながっているのかも」

ブラックはますます興奮している。

潜入捜査はまだまだ続く。

「あー、カメラちゃん、こっちに来てください！　これを撮って！」

大発見があったのか、声が興奮して高くなっている。

「もう、いいんじゃないか、ブラック！」

さとしが言っても止まらない。それどころか、

「おっ！　これは…!!」

ブラックは、とびっきり、うれしそうな声を上げた。

「なになに？」

気になったさとしは駆けつける。好奇心はおさえられない。洞窟探検の気分がして

いる。

「みなさん、お宝発見です」

「やめろ！」

反射的にさとしは大声で叫んだ。だって、さとしの０点のテスト用紙が３枚も出てきたのだ。

「こないだのテスト…おれ、０点だったのか！　ショ――――ック!!　終わった――!!!」

「カカカカ！　先生の秘密をあばこうとして、さとくんの恥ずかしいところがあばかれてしまいましたね」

カメラちゃんは、さとしの手元にすかさずズームアップした。

「今のうちに１００点に書き換えておこう。誰にも見られてないし!!!」

さとしは、０と書いてある左横に、１と０を器用に書き足した。０は１００になった。

「ふぅ～」

さとしは、おでこの汗を拭った。テキパキと作業したおかげで、案外うまい感じに、１００点の答案用紙が３つできあがった。

「完全犯罪！」

その様子をカメラちゃんにしっかりと撮られてはいたが。


さとしが作業にいそしんでいるあいだ、ブラックは、教師用のソファにどっかりと座っていた。

「学校の裏側っていろいろありますねえ」

とつぶやいた。さとしが、

「ちょっと楽しくなってきた。次はどの部屋に行こうか？」

と言うと、ブラックは、

「なにも学校にこだわらなくていいのでは？」

と、ギョロっとさとしを見た。

ここは天国ですか？

「みなさん、からあげ、食べ放題ですっ!!!」

ブラックが名調子で盛り上げている。その様子を、

「ジ――」とカメラちゃんが撮影している。

「あちち、うまい、うまい！」さとしもニッコニコだ。

ふたりは、コンビニエンスストアに入って、からあげをもぐもぐ食べていた。

「ポテトもあるし、ジュースも飲み放題だよ、ワハハハ。こりゃ天国だな」

最初は帰りたいと泣きべそだったさとしは、もはや、絶好調にごきげんになっていた。

口の周りをからあげの油でテカらせて、

「100円、置いていこう」

と、財布から100円玉を出して、レジの横に置いた。

ブラックが、

「え。お金を払うんですか?」

と聞いた。

「だって、なんかドロボーみたいだし」

「えー。人間はよくわからないところにこだわりますね。せっかく誰もいないんだか

ら」

　悪魔のささやきだ。

「そりゃあ、そうだけれど」

「いっそ、住んじゃえばいいんですよ！　自分ちのごはんにお金を払う人はいません」

「住む？　おお！　楽しそうかも」

目を丸くした。誰もいない異世界だと、まったく新しい発想が必要かもしれない。

　ブラックは、カタタタタタと、ノートブックパソコンのキーボードを叩いた。

　さっと即興で作ったサムネイル、

を見せながら、

「さとくん、これくらいしないと、動画がバズりませんよ！　ヨーチューバーとしてはまだまだですね」

ブラックはニンマリと笑った。

「さとくんがコンビニに住んだら、ときどき遊びに来ますよ。じゃ」

そう言うと、ブラックはからあげの油がついた口をぬぐって、外へ出て翼を広げようとした。飛ぶ気だ。

「え、どこに行くの？」

さとしは置いてきぼりを食らった。

「さとくんはコンビニに住むんでしょ？　オレちゃんはもっとゴージャスに、ショッピングモールに住むので！　では、バサ～」

「え。ずるーい‼」

黒い翼を広げて、飛んでいくブラックのあとを、さとしは走って追いかけた。

「明日は、朝からまた撮影ですよ～～～、今夜は夜更かしせずに、早く寝てくださいね――」

ブラックの姿はみるみる小さくなってしまった。

さとしは、コンビニに戻ってきた。

「しょうがない、ここで寝るか」

おもしろ動画を撮影しまくれ

翌朝。まぶしい朝日の中、バタ〜、バタ〜、と翼がはためく音がしてさとしは目を覚ました。ブラックが迎えに来た。

「おはよう、さとくん。いい天気です。たくさん撮影しますよ!」

「ふわあああああ、ブラックは元気だなあ」

ブラックは張り切っている。

撮影となると、とたんに悪魔的なほど活動的になるのだ。

「さとくん、これはロケ番組だと考えてください。いわゆる『街ブラ』ってやつです」

「街ブラぁ〜?　なにそれ」

「街をブラブラ散歩しながら、即興で面白いことをやったり言ったりして、見る人を楽しませる激ヤバ動画を撮るんですよ」

「よーしわかった！　でも、全然思いつかないよっ!!　ちょっとやってみて」

さとしは自信なさげな顔になった。

ブラックの動画はいつもバズっている。

目の付け所がいいというか、超企画力があるというか。さすが悪魔系ヨーチューバーだ。次になにを撮影するんだろうか？　と視聴者をワクワクさせている。

それにひきかえ、さとしだって小学生ヨーチューバーだけど、なかなかバズらない。

せっかく異世界に来たんだから、バズるヨーチューバーになれるような特訓をブラックにしてもらおう。

「さとくん、自動車に乗ってみませんか」

「いいね！　乗ってみよう。おれ、レースゲームで慣れてるから。まかせて。あ！」

ドガァン

「あっという間に電信柱に衝突しました！　てへ！」

「カメラちゃんストップ！」

ブラックは、カメラを止めた。

「ちょっと、さとくん、これじゃ視聴者さんは喜ばないですよ！　けががなかったのはいいけれど。感想は？」

「簡単じゃなかったです。難しかったです」

さとしはその場しのぎでそう言った。

「感想がふつうすぎる！　なんの面白みもなーい！　もっと面白いことを言ってください。それじゃただの失敗談です！」

「と言われましても」

「いいですか、視聴者は、小学生が自動車を運転していいのだろうか？　とハラハラしているんです。法律違反だからダメです。けれど、異世界だったら大丈夫。だから、ドキドキできるんです」

「そうだよな」

「でしょ？」

ブラックは、人差し指をピンと立てた。そして、

「成功しても失敗してもそこはどちらでもいいんです。聞いたら、なるほどなあと思えたり、やった人しかわからないだろうなあと思えたりする感想を、面白く言ってください！　そうじゃないと、閲覧数は増えませんよ～!!」

ブラックは真剣だった。

「ひへ～!!!　そんなこと、とっさにできないよ――――!!!」

さとしは泣き言を言った。

「いつまでもくよくよしてないで。さ、次の撮影現場を探しますよ!!!　今日の分の撮れ高を稼がないと！　鬼バズの激ヤバ動画がまだ撮れてません！」

「はい、みなさん、つっつつ…ついにやってきました」

ふたりはとあるお家の、とある部屋のドアの前にいた。マイクを握るさとしは緊張していた。

「さあ、ここはどこだと思いますか？　ななな…なんと市井ちゃんの部屋です。これから入ってみたいと思います。今ぼくは、職員室に入るとき以上に緊張しています！」

レポートをするさとしの引きつった表情を見ながら、ブラックは「いいぞ！」とばかりにうなずいた。

ガチャ

ドアを開けたとたん、さとしは叫んだ。

「いい匂い、する！」

「さとくん、元気があるのはいいですけど、んー、見た目が完全に泥棒ですね！」

ブラックは腕組みした。さとしは抜き足、差し足、忍び足で、そろっと部屋に入っていく。声は心なしかはしゃいでいる。

「ベッドがありました。ちょっと寝てみます…やっぱやめときます！」

「やらんのかーい！」

ブラックはその場でずっこけた。カメラちゃんは空中でずっこけた。

「いやだってさー、こういうのは、ずるいというか、よくない気がするー!!! 市井ちゃんにちゃんとさそわれて～、いいよ、って言ってもらってからやることだよー!!!」

と、さとしは言った。ブラックは腕組みをして、

「ふむ、なるほど。それはそうかもしれません。しかし、人間って面白いですね。いちばんのぞんでいたことが目の前にあるのに、自分でブレーキをふむことがあるんですね～」

夕日がだんだんと傾いてきた。

今度は、オレンジ色の光の中を、さとしが走っていく。そんなシーンを撮り始めた。

「さて、ショッピングモールにやってきました。目指すは映画館です！」

と、さとしがしゃべるところを
「ジー――――」とカメラちゃんのレンズが追っている。

「んー、さとくん、なかなかこなれてきましたね。よくなってきましたよ～」

ブラックが腕を組みながら見ていた。

さとしがテーマを発表した。

「大スクリーンと、アイマックスシアターの世界最強サウンドを使って、ゲームをやります！」

「いいぞ！　これは小学生なら誰でもやってみたいことだ。バズりますよ」

さっき、実際の自動車はすぐにぶつけてしまってマジメになってしまったし、市井ちゃんのベッドでバウンバウンする勇気はこれっぽっちも出なかったさとしだが、ドライブゲームならお手のもの。

ブラックとさとしは、映画館のいちばんでっかいスクリーン11に忍び込んだ。

誰もいない。赤いビロードのいすがたくさん行儀良く並んでいるだけだ。

ガラーンとして、ポップコーンひとつ落ちていない。

「映写室に行きましょう」

ブラックは映写室のいくつかのスイッチをパチパチといじって、自分のノートパソコンを接続した。

「はいできました。これで、ゲーム『スーパーマシーンブラザーズ in モンテカルロ市街地コース　世界最速はキミだ！　シーズン13』をスクリーンに映せますよ！」

「やった！　おれの大好きなやつだ」

「リモートで飛ばしますから、さとくんは、コントローラーを持って好きな座席でプレイしてください」

「よしきた！」

さとしは細い階段をかけおりる。

「ヘルメットをかぶった方が感じが出ますよー」

ブラックはどこで見つけてきたのか、レーシングヘルメットをさとしに渡した。

さとしは、映画館のど真ん中の席に座った。

大画面スクリーンに、コクピットと、そこから広がるコースの情景が映っていた。

「ためしに、アクセル、押してみてください！」

さとしがヘルメットをかぶると、映写室にいるブラックの声が聞こえてきた。

「ええい、ボリューム全開にしちゃいましょう」

映写室のブラックは、ボリュームつまみを右に回し切った。マックスだ。

「さとくん、ちょっとアクセルを踏んでみて～」

「はいよ」

×ボタンをそろりと押すと、アクセルを踏み込むことになる。

ぶ　ぶ　ぶぉおおおおお　おお

おおおおおおん　ぶおん

ぶおん

「ひゃ――――――――――――――!!」

ブラックも、さとしも、大音響でひっくり返りそうになった。

そして、ふたりとも、わっははははは、と思わず大笑いした。

あまりに大きな音を聞くと、人間は（悪魔も）笑ってしまうのかもしれない。

「気ン持ちいいい!!!　サイコーだぜ――――!!!」

さとしが叫んだ。

「これは、予想以上に快感がすごいですね」ブラックもうっとりした。

「さとしくん、マシンを選んでください」

「オッケー」

さとしは慣れた手つきでボタン操作をすると、「スケルトンブルーサンダースペシャル」を選んだ。

オプションはゴールドタイヤにターボエンジン。「これでよし」。

もう一度、アクセルボタンを押してみた。

バリバリバリバリばぉおおおお
バリバリバリバリバリおおおん

すごい音が鳴った。

「ははははは！　さとくん、ノッてますねー」

とブラックが大笑いした。

「その調子で、スタート、行ってみよう」

大画面に、「スタート30秒前」の表示が出た。

さとしの、「スケルトンブルーサンダースペシャル」はゼッケン３１０。

前から４列目の右、７番グリッドからのスタートだ。

20…19…18…17…16…スタートのカウントダウン表示の数字が減っていく。全車がエンジンをかけて、アクセルをふかしている。

大迫力の３６０度フルサラウンドの爆音が劇場の中で鳴り響いた。


ぞわぞわぞわ〜〜〜

さとしは全身に鳥肌が立った。

5、4、3、2、1

…GO！

さとし、ブレーキをはなしてアクセルオン！

「全車スタートしました！」

実況と解説はブラックが引き受けた。

「7番手スタートのさとし選手、好スタートで早くも2台を抜いて、現在5位。右コーナーに入っていきます」

大画面とサラウンド轟音。座席はビリビリと振動している。

右に曲がって少し上り坂、すぐに左に大きくカーブしながら下り、前のマシンが外にふくらんだので、さとしはすかさずインをついた。

「おーっと、カジノコーナーで一台かわして、さとし選手が4位に浮上しました！絶好調です」と、ブラックが叫んだ。

「つづいては、とてもむずかしいロウズへアピンです、さとし選手、うまく回れるか」

3番手を走る赤いマシンのテールが真ん前に見えるまで迫っている。

さとしはコーナーでグンとブレーキを踏んで、マシンの速度を落とした。

ハンドルを左に切って、後輪を少しすべらせて、

「ここであわてちゃいけない」

とつぶやくと、いきなり乱暴にアクセルを踏むのではなく、そろーっと力を加えていく。おかげで310番の「スケルトンブルーサンダースペシャル」はきれいに加速した。

そこからはまた下り坂。正面には青い海が見えた。白い波がキラキラと反射していて美しい。そのまま海に突っ込んでいきそうになるまで加速して、右コーナー。

ぐいっとハンドルを切る。そして、トンネルに入った。

ゴオオオオオオオオオオオー

トンネル内は、モノっすごい轟音だ。

エンジン音が反響して、360度、音に包まれる感覚になった。

さっきまで青かった光は、トンネルの暗闇の中心にある。

オレンジ色の常備灯が、ものすごい速さで後ろにすっ飛んでいく。

出口に白く明るい丸が見えていて、そこを目掛けて、マシンたちが突っ込んでいく。

スピードメーターはまたたくまに時速３５０キロになった。

「い――ヤッホ――!!」

と、さとしは奇声を上げた。目がバッキバキだ。

前の赤いマシンは、トンネルを出たところで抜けそうだ。

テールトゥノーズ、ピッタリとつけている。トンネルを出ると、太陽光で一瞬、目の前が真っ白になる。すぐに障害物があり、左、右と急ハンドルを切る。

そこで勝負をかけた。前の車のインに「スケルトンブルーサンダースペシャル」の鼻面をもぐりこませる。

「さとし選手、勇気を出して、行った――!!」

実況席のブラックが叫んだ。

さとしはマシンがぶつかるスレスレで、インに潜り込み、次の折り返しコーナーで思いっきりアクセルをオンして前に出た。

「よし！」さとしは叫んだ。

ブラックが興奮気味にアナウンスする。

「3番手！　さとし選手、表彰台圏内の3番手まで来ました！」

さとしには、大騒ぎする観客の歓声も聞こえてきた。

「盛り上がってるなあ——！」

高鳴るエンジン音と大歓声と。これはたまらない。

さとしから見えるスクリーンには、右上に「pos.3」の文字が見えた。現在3位。

「あと2台!!」

そのときだった。前を走る黒いマシンがふいにスピン。

プール前コーナーでガードレールにヒットしたらしい。

「ヤバいぶつかる!!」

黒い車体がクルクルと道幅いっぱいに回転しながら、さとしのマシンに近づいてきた。

「どっちだ？　…右だ！　えいっ」

さとしは、瞬間的に右にハンドルを切って、それをかわす。

すんでのところでぶつからずに済んだ。

画面の数字は「pos.2」に変わった。現在2位。

「最終コーナーで仕留めてやる」

先頭を行く緑のマシンとの差をみるみる詰めながらも、さとしは冷静だった。

「来た、18コーナー、魔のラスカスコーナー!」

ジャックナイフのように急に曲がる右コーナー。

「さとし選手、インをつきました。トップに立てるか。2台のマシンが並んだまま右に曲がっていく。さとし選手が前に出た――っ」

ブラックの実況はどんどん熱をおびて、絶叫に変わっていく。

「しかし、さとし選手、これはオーバースピード、大きくふくらんで、また先頭が入れ替わった―――っ!!!　さとし選手2番手。一瞬、先頭に立ったのですが。なんというデッドヒート!!」

さとしは必死のパッチだった。

いったんは抜いたが、ふくらんだすきに抜き返された。

緑のマシンが右斜め前のすぐそこに見えている。最後はゴールラインまでのストレート勝負だ。

「行っけ――――――――!!」

さとしはアクセルを思いっきり踏み込んだ。

ぐわわわぁわぁわああああああああん

ビリビリビリビリビリビリビリビリ

ビリビリビリビリビリビリ

マシンの全エネルギーを絞り出す。車体は細かく前後左右に揺れた。「スケルトンブルーサンダースペシャル」はどんどん加速していく。

「並んだ――――っ」

ブラックが叫んだ。

「ゴールラインが見えた、まもなくチェッカーフラッグ！　さとし選手、最後の1台を抜いて……**優勝だ―――っ!!!」**

「ジ―――」

あますところなく、カメラちゃんが撮影していた。

「意外と…やりますね～」

ブラックは目を細めた。思わぬ名場面が撮れてしまった。

さとしは、ヘルメットをゆっくりと脱いだ。

「ブラック、サイコーだよ！　勝ったよー!!　生きてよかったよ～～～!!!」

思う存分レースをしたさとしは、笑顔がバチバチに輝いている。

イスの上に立ち上がって、大きくガッツポーズをした。

優勝ドライバーの大喜びの場面がしっかりと撮れた。

撮れ高バッチリだ!!!


そんなことをやっているうちに、あっという間に夜になった。

「遊びまくった～、楽しかった！　おれ、遊びつかれたよ～」

と言いながら、さとしは満足げにショッピングモールから出てきた。だが出たとたん、夜空を見上げて、ギョッとなった。

ドオオオン

そこには、真っ黒な夜の空を半分覆いつくすような、見たこともない巨大な満月。

黄色いような緑のような色をして上がっていた。

月のクレーターのひとつひとつがくっきりと見えるほど大きい。手を伸ばせば届きそうだ。

さとしは思わず、口をぽかんと開けて、まばたきも忘れていた。

「な、なんだよ、あの月。こええ…っ」

さとしはふいに寒気がした。


やっぱりここは異世界なんだ…。


不気味な月だ。

おかしい。おかしすぎる。

すっかり忘れていたよ～!!!

ドォォオォオーン
うわぁっ!
COFFEE

寒気がしたせいか、さとしは両肘を手のひらでさすりながら、

「ね、ねえブラック、帰ろうよ。もうたくさん遊んだし。帰ろう」

と言った。

「そうですね。さとくんは、コンビニに住むんでしたっけ？　ではまた明日」

ブラックは、翼を広げようとした。

ブラックが飛んでいってしまうとさとしはひとりぼっちになってしまう。

だから、さとしはあわてた。

「違うよ。元の世界にだよ！」

ブラックは、ふんにゅっと顔をさとしに近づけた。

「どうしたら戻れるのか、オレちゃんには、わかりません」

右半分はマスクに隠されて、左半分だけ見えているブラックの顔の目が怖かった。

白目が大きくて黒目が小さくちぢんでいた。

「ブラックでもわからないの……、うそでしょ…悪魔なんでしょ…」

急に心細くなったさとしの声はどんどん小さくなっていた。


「でも、あの人なら知っているかもしれませんね!!」


ブラックは突然、天に向かって勢いよくビッと指をさした。

「えっ、人？　人ってなに？」

さとしは指がさす先を見上げた。


ビルの屋上？　…に……人？　…人！　影！

急展開も急展開だ。

さとしはまったく気がつかなかった。

ブラックの示す先には、野球帽をかぶった誰かがいる。

目を細めるとかろうじて、作業着を着ているおっさんであることがわかった。

さとしが、そちらを見た瞬間に、

なぜ、ここにいる…

なぜ、ここにいる…

なぜ、ここにいる…

なぜ、ここにいる…

さとしの頭の中に直接、気持ち悪いしわがれた声が聞こえてきた。小石を大根おろしで削ったみたいな不気味な声だ。

「うわあああ！」

急に現れたおっさんに脳みそをのっとられた気がして、さとしは気味が悪くなって、頭を振りながら叫んだ。

「だ…誰？　あのおっさん。怖ぁっ!!!」

さとしとブラックは、ビルの屋上の作業着姿の人影をしっかりと見上げた。確かにいる。向こうはじっとしていて動かない。さとしの頭の中に、声だけが届いてくる。

なぜ、

なぜ、ここにいる…

ここにいる…

なぜ、ここにいる…

なぜ、ここにいる…

ブラックは、

「実はアイツ、最初からいましたよ」

まばたきひとつせずそう言った。

「**へ？**」

「コンビニにも、市井ちゃんの部屋にも、いたんですよ」

「うそでしょ、だったら言ってよ――」

「こっちを見ていたから、オレちゃんは気になってたんです」

「ちょっと待ってどういうこと？」

「さあ」

ブラックはじっとその男を見つめている。

「なんとかしてよ、ブラック！」

さとしは泣き声を上げた。ブラックは意を決したかのように、

「この世界の秘密を知るためには、あの人から聞くしかないでしょうね」

甘い声でゆっくりとそう言った。

「え」

「なにせ、われわれ以外の唯一の人…人？　…ですし。戻り方を聞いてみましょう」

ブラックの言い方はおだやかだった。

だが、行動はそれとは正反対だった。

魔力を使って、ジャキンと、空中から悪魔の斧を取り出した。

そして、切れ味を確かめるように、シャキン、シャキンと、二度ほど素振りをした。

「ちょ、ちょっと、どうやって聞くつもりだよ？」

「アイツの体に聞きます。とっつかまえて痛めつけて」

「この悪魔ぁ！」

さとしの言葉を最後まで聞く前に、ブラックはドンと地面を強く蹴って、大きくジャンプした。

またたくまにヤツのいるビルの屋上上空に到達すると、落下するスピードを使って、振りかざした斧を、ズバァンとたてに振った。

おっさんに当たったか。いや、手応えがなかったようだ。

刃先がコンクリートに当たって、ビルの一部分はボロリと欠けた。

けれど、刃先はおっさんには当たらなかった。

ブラックは、あれっ？　という表情をしたあと、不思議そうに言った。

「消えましたね！」

さとしの前に手がヌッと現れた。

「うわぁっ」

さとしは暗闇から現れた中年男の手につかまれそうになって悲鳴を上げてのけぞった。

「ぎゃあああああああ」

作業服の男はビルの上ではなく、いつの間にか、地上のさとしの目の前にいたのだ。

「む。テレポートですか!」

気づいたブラックは、とっさに斧を屋上から投げつけた。

斧がグオングオンと回転しながら、すごい勢いでさとしの方に飛んできた。

ガキィン

音を立てて、男の目の前で地面に刺さった。

見事なコントロールで、さとしと男のあいだの地面に刃が刺さっていた。

男はひるんだ。

そのすきに、ブラックはビルの屋上を飛び降りて、羽を閉じたままブンと急降下するや、さとしと斧をサッとつかみ、またすぐさま羽ばたいて空中に急浮上した。

「助かったぁ～！」

さとしは泣きべそをかいた。

「あぶなかった、やられるところだった」

ブラックは、右手に斧を、左手にさとしをつかんだまま、

「あきらかに人間わざではない。そして、完全にさとくんが狙われている」

とひとりごとを言った。

「やめてくれよー!!」

さとしが恐怖で身をくねらせた。

さとしとブラックが空中に飛び上がると、男は、なんと……ズズズと地面に溶けは

じめた。

　最初は足からまっすぐ地面に潜っていくようだったが、やがて、上半身が砂山のようにサラサラと壊れ地面と同化していく。それを見て、

「あ!!!　秘密がわかったかもです」

とブラックが言う。だがみるみるうちに、男の姿は完全に見えなくなった。

ゴゴゴゴゴと地鳴りがした。

「地震か？」

とさとしは言った。ブラックは、

「あら、これは！　鬼ヤバですね」

と言いながら、黒い翼で2回ほどバサリ、バサリ、と大きく羽ばたいて、安全地帯まで高度を上げた。

　ブラックにつかまれたままの、さとしがあわてて地面を指さした。

「ブラック！　じ、地面が…盛り上がっていく!!　おっさんのカタチに…!!!」

一度、くずれて、地面に溶けあったおっさんは、何百倍もの大きさとなって、地面から盛り上がってきた！

一瞬、地中からピラミッドが誕生するのかと思ったら、最初に頭の先と、こぶしがふたつ、地面からヌォォオオオと現れた。

そして、顔が出て首と肩が出てきた。

どんどん盛り上がってくる。胸が出て、腰がもり上がってきた。

それと同時に、大きな砂煙が巻き起こった。

さとしは土ぼこりを吸って「ごほんごほん」と咳をした。

それにしてもサイズがでかい。巨大砂男の怪獣だ。

ビルの高さなんて比べ物にならないほど、とてつもなく大きい。

「こいつ、バケモノだ！　なんなんだ！　街を破壊しているぞ!!!」

オオオオン

土やアスファルトやコンクリートを巻き込んでいるのか、街ひとつぶんくらいの大きさに、体がどんどんとふくれ上がっていく。

またたくまに、砂や土を集めて、1丁目から3丁目くらいまでの大きさになってしまった。

「予想以上に鬼ヤバですよ、さとくん!!!」

そう言うブラックは、口が耳までさけて、目をまん丸にしていた。

興奮しているのか、怖がっているのか、顔からはわからないが、強敵の誕生に、少し笑っているように見えた。

突然、ブラックは、

「ディスイズ炎(エン)ターテイメントォ！」

と、大声(おおごえ)で呪文(じゅもん)を叫(さけ)ぶやいなや、さとしをかかえたまんま、速度(そくど)を上(あ)げて巨大(きょだい)なバケモノに超接近(ちょうせっきん)した。

「うわあああああああ、おろしてくれよ——」

さとしは内臓(ないぞう)がひっくり返(かえ)りそうなほどの強(つよ)い遠心力(えんしんりょく)を感(かん)じて、目(め)が回(まわ)った。

ブラックは、まずは、ぐるりとその体(からだ)を1周(しゅう)して飛(と)んだ。

男(おとこ)はそのすきにもどんどん巨大化(きょだいか)し、とどまるところを知(し)らない。

巨大化(きょだいか)した男(おとこ)からしたら、もはやさとしとブラックは飛(と)んでいる虫(むし)くらいのサイズになっている。あっという間(ま)にふくれ上(あ)がったのだ。

あたりはそこら中(じゅう)でほこりが舞(ま)い、巨大満月(きょだいまんげつ)の光(ひかり)を受(う)けてキラキラと輝(かがや)いていた。

「ブラックぅ〜、炎(エン)ターテイメントォもいいけどさ〜、早(はや)くあいつを倒(たお)してよぉ！　街(まち)が粉々(こなごな)になっちゃうよ」

「そうですね…、しかし、せっかくですから……カカカカカ……もう少し遊びましょうか…」

ブラックは観察を終えて、なにやら狙いをつけたようだ。

「それどころじゃないでしょっ!!!」

ブラックは、そう叫ぶさとしをビルの屋上にトンと降ろした。さとしは、

「え。置いてかないでしょ。遊ぶってなんだよ。この期に及んで、まだ動画…のことを考えているのか⁉ 信じらんないよ!!!」

ブラックはさとしの言葉を聞いちゃいない。身軽になると、すぐさま身をひるがえして、ダッ、と屋上を蹴り、巨大男の頭目掛けて、大きくジャンプした。

悪魔の斧を頭上高く構えている。空からの落下のスピードを使って思いっきり鋭く振った。

ザッ

刃が巨大おっさん砂怪獣にの体に入った。

そのまま斧を振りまわして、2度3度と、右に左に斬りつけていく。

ザっ　ザっ　ザっ

刃は男の体に確かに当たっている。

斧の刃が体に入るたびに、男は発光した。

「切れている！」

まぶしさで目を細め、かざした手の隙間から、巨大男の体が八つ裂きになっていくのをさとしは見た。

さとしは「やった…!!!」と笑った。ところが、

「手応えなし。やはり！」
ブラックは飛行しながらつぶやいた。

え…？

うそ…

男は、さとしの真後ろに立っていた。
今度は等身大だ。
油断していた。
「うわあああああ～」
さとしは腰を抜かした。尻餅をついた。
男の顔は暗くてわからなかったが、さ

としの首をねらって両手を伸ばしてきた。

「ぶ、ぶらっく…」

怖さで腰を抜かしたさとしは、赤ちゃんみたいに、はって逃げるしかなかった。

「助けて…!!」

「助けません」

とブラックの声がした。

さとしは混乱した。

「!? え…なんで？ 聞き間違えた？ 今なんてった。どういうこと？ え？」

男の手がゆっくりと伸びてきた。
さとしの頭をまさにつかもうとしている。

「あーもーダメ――　死んじゃう――――！
バイバ――イ！」

おっさんの正体

「はっ！　あれ？」

さとしは目が覚めた。
全身汗だくだった。
「おれ、生きてる？」

「生きてますよ」

ブラックの甘い声が聞こえた。

「ここはどこ？」と、さとしは聞いた。

「元の世界です」

目の焦点が合ってくると、学校の保健室であることがわかってきた。

白いベッドでかけぶとんにくるまって、さとしは横になっている。

「助かったの？」

「助かったといえば、助かりました。そうじゃないと言えば、そうじゃないです、はい」

「説明してよ！　あれは誰だったの」

さとしは、体を起こした。痛いところはどこもなかった。

ブラックは一瞬間をおいて、

「あれは、時空のおっさんです」

と、言った。

「時空のおっ…さん…」

さとしはすぐに聞き返した。

「そうです。さとくんのように『異世界に迷い込んだ』という人びとの多くが、作業着を着たおっさんに会って、元の世界に帰ってこられたと言うんです」

「えー。じゃあ、あのおっさん、帰してくれるいい人じゃん。悪者にしか見えなかったけど、元の世界に戻すためにおれに近づいてきたってことでしょ」

「ええ…、まあ…そうなんですけど…」

善人だとわかって、さとしはすっかりはしゃいだ声を出した。

「じゃあさ、じゃあさ、帰ってこられるとわかってたら、おっさんに近寄らずに、もっと異世界を楽しんでもよかったなあ」

「さとくん、残念ですが…異世界には行っていません」


「は?」

「すべて、さとくんの、脳内での出来事です」

「なに？」

ブラックの話が意外すぎて、さとしはキョトンとした。

「おっさんの正体は、脳内の『もうひとりの自分』と言われています」

「脳内…に、もうひとりの自分が…いるの？　あのおっさんは、おれ…なの？」

「そうです。眠ったままの自分の意識を叩き起こしてくれる…。人間に備わった脳内プログラムと言われています」

「あのおっさんは…おれ？　そんなの変な感じ！　変すぎる！」

ブラックはニヤッと片頬で笑った。

「さとくんの脳のなかで、せっせと作業しているのかもしれませんね。とっちらかって、絡まってしまった糸をほぐすような…？」

さとしは考えた。

「その脳内プログラムが作動した…ってことは、ちょっと待って、じゃあ…、おれの意識は…、寝てたの……？　いつから？」

「真相は、…さとくんは、廊下に飛び出した勢いで、つるんと足を滑らして、転んだのです。廊下で気を失ってました。さとしが倒れてる、と大騒ぎになりましたよ。思い出せますか？」

「え——。え———っと…。

そうだ！　授業中に市井ちゃんを見てたんだ。

そしたら、……見てたことを、恋花さんに図星を指されて、教室から走って出た…そのあと…だ」

「ツルン、ドシン、ポワン、です」

「それで保健室に運ばれて…『今』ってこと？」

「そうです」

さとしはすぐには理解できなかったが、だんだ

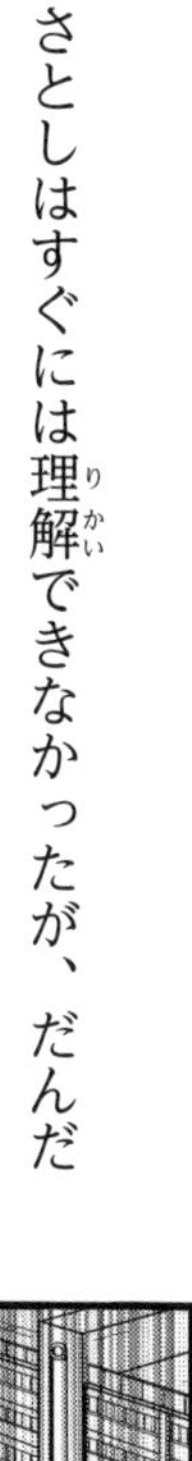

ん記憶がよみがえってきた。
教室を飛び出したこと。
誰もいない学校。誰もいない街。
映画館のレースゲームでふだんの100倍くらいの能力が出て、優勝したこと。
それから、おっさんが出てきて、しっちゃかめっちゃかになっていったのだった。

「じゃあ…、ちょっと待って、おれが、おれの脳内プログラムをぶっ壊していたら…？」
「そうなんです。あぶないところだったんです。さとくんの脳内イメージに出てきたオレちゃんが、時空のおっさんを完全に倒していたら、さとくんは根本的にぶっ壊れてしまって……、永遠に起きなかったのかもしれませんね」

「ヒィイイイイイイ――!!!」

さとしは寒気がして、全身に鳥肌が立った。

「それって本当に危ないじゃんか！　じゃ、ブラックが異世界で『助けません』と言ったのは、結果的に、助けてくれたってこと？」

ブラックは、なにも答えなかった。

キーンコーン　カーンコーン

午後の授業始まりのチャイムが鳴った。さとしは、
「もう大丈夫だから、授業に出るよ」と、ベッドを降りて、上履きを履いた。
保健室から教室へ向かう廊下を歩いていると、ちゃんと現実感がある。
2組の教室を通ると、先生がまだ来てない教室内はざわざわしている。
学校は、人の気配でいっぱいだ。
「てゆーか、さとくんが『誰もいない世界』に行きたいなら、いつでも行けますよ。
この悪魔の企画契約書にサインをくれれば」
ブラックは、懐から紙の束を出した。
表紙にはドクロのマークが描いてあった。
「…っていうか、異世界なんて、すぐそばに、いつもあるんですよ」
と、ブラックがささやくと、

「行かないよ！　もうこりごりだ！」

振り払うようにそう言って、さとしは1組の教室の扉をガラッと開けた。

「おかえりなさい、現実の世界へ。カッカッカッカ」

ブラックが甘い声で笑った。

「さとし、おかえり！」

と教室からはクラスメイトの声が上がっていた。

恋花さんがにっこりと笑うのがさとしには見えた。

Chapter 02

【もしも世の中が「すべて平等」だったら、…案外うまくいかなかった件】

ブラックチャンネル【公式】

平 等の場合

434K views …

ハロー、みなさん。

悪魔系ヨーチューバーのブラックです。

いい子にしていましたか？


突然ですが、オレちゃんがよく知っている「さとし」と、クラスメイトの「つねや」は不平等です！

その理由はですね、さとくんは、ゲームをほとんど買ってもらえませんが、つねやくんは好きなだけ買ってもらえます。

ふむ。

さあ、どうでしょう。つねやくんは持っていて、さとくんは持ってない。

このように、あなたも、「アイツだけ、ズルい」と思ったこと、ありませんか。

同じ時代、同じ日本、同じクラスなのに平等じゃない！　神様のえこひいきか？ってね。

悪魔ならそんなことしませんがね。

はい…。


このデビルツールがあれば、不思議なことが起こります。

ジャジャン。ご覧ください。どうです。ツヤツヤと黒光りして美しいでしょう。

眺めているだけでうっとりします。

もちろん悪魔の道具です。

見た目は、上皿天秤に似ているでしょ？

でも、左右にふたつある、お皿の台には、凶悪な怪物の爪のようなデザインになっていて、中央にはなにやら画面表示があります。

そして、真ん中の左右の傾きを測るところには悪魔の紋章みたいな飾りがついているでしょう？

ふふふふ。この道具を使ってみましょう。

不平等をなくすことができるかもしれません。

オレちゃんは悪魔だから、この道具の楽しみ方をぞんぶんに知っているのですけれど、人間はいったい、どんなふうに使うのでしょうか。楽しみですねえ…。

お待たせしました。それでは、

「平等ってなんなんだよ！」…ってことに悩む子どもたちが、たくさん出てくるお話をいたしましょう。

舞台は、日本のどこかの町の、優中部小学校。

子どもたちが主人公。でも、本当の主人公は、悪魔。


「すべてを平等にしてみた」

今回は、そんなテーマの鬼ヤバ動画です。

はじまり、はじまり。

キーンコーン！　カーンコーン！

「おはようございます！」

優中部市立優中部小学校では、今日も1時間目の授業が始まった。

5年1組の担任は、眉毛がのりのように太くて、三角顔の先生。あだ名はズバリ「おにぎり」が黒板に算数の式をカッカッカッカと書くと、ふりかえって生徒を見回した。

「この問題を誰かに解いてもらおう…、じゃあ…、さとし！」

と当てた。

「おれ？」

朝からすっかり油断していたさとしは、ビクンと派手に立ち上がった。

電気ショックで感電したみたいなカクカクした動きだった。おまけに膝を机でガンと打った。その音で、クラスの数人が笑った。

さとしは最初、黒板をじっと見つめていたが、

「ああああああああ。わ…、わかりましぇん……」

と、両手でほっぺたをおさえはじめた。口は縦長に開き、目から涙がこぼれてきた。

それを見て、さとしの隣に勝手に座っているブラックと助手のカメラちゃんがケラケラとごきげんに笑った。

「さとし、この世の終わりみたいな顔するなよ…」

と、おにぎり先生が言った。そして、さとしの答えをあきらめて、教室を見回すと、

「わかるやついるか?」と聞いた。

「はい！　63です」

「よし！」

手をあげて、正解したのは、優等生のユウトだ。

あざやかだった。

教室には「うお～ぃっ」とユウトをたたえる歓声が上がった。おにぎり先生は、

「えらい。自分から手をあげて答えるなんて、えらいぞ」

とほめた。

ブラックは、ちょっと鼻にかかった、こっくり甘い独特の声で、

「さとくんとは大違いですね」とつぶやいた。

「いいなあ、ほめられて」さとしは、うらやましがった。

そのとき、誰かが、チッと舌打ちをするのが聞こえた。


「じゃあ、オレたちはえらくないってことですかぁ」

そんな声がしたので、とたんに、教室はシーン
と静まり返った。
発言したのは、平等だった。

さとしは驚いた。「平……!!」
平は、いつでもどこか〝しかめっつら〟をして
いるやつで、不機嫌そうだ。
あまり笑わない。まじめなんだけど、真剣にな
りすぎるのが玉にキズというか、
これと決めたらテコでも動かない。小学生なの
にいつも眉間に縦に2本、しわが寄っているやつ
だった。
その平が勝手に立ち上がって教卓にズカズカと近づいたから、クラスのみんなは驚
いた。おにぎり先生が、

「え」

と、小さく言ったのが聞こえた。

平は畳み掛けるように、「先生、これを見てください」と紙をバンと突き出した。

「な…なんだよ」

おにぎり先生は気圧されて、よけるようなそぶりさえした。

よく見ると、その紙には、「正」の字がたくさん書いてある表のようなものが書かれていた。平はその紙をつきつけながら、大きな声を張り上げた。

「先生が、この1週間でユウトをほめた回数は、今ので50回！」

「「「おおお〜〜〜〜」」」と、教室中にため息が漏れた。

「次に多いのは、市井ちゃんで3回！

さとしは、この半年間で一度もほめられていません！」

平がそう言うと、教室中がざわついた。紙には、

ユウト
月　正正
火　正正
水　正丅
木　正正
金　正正丅

と書いてあった。確かに今の1回を足すとちょうど50回だ。

別の欄は、「ほか」となっていて、市井ちゃんが、月曜火曜木曜の3回。あとは、シマズが月曜に1回と記されている。

おにぎり先生は、データを突きつけられて、目を丸くした。

「た、平！　きみは、か…、数えてたのーっ!?」

さとしは平のこまかさや執念深さにたまげて、ひっくり返りそうになった。「平、すげ～」「まじかよ！」教室のあちこちから声が上がった。

そんななか、平は先生に詰め寄った。


「先生、そりゃ、ユウトは勉強ができて、さとしは勉強が苦手です」

教室中の生徒がウンウンと大きくうなずいた。おにぎり先生は大汗をかき始めた。

「でも、ぼくが数えていたのは……、授業以外の休み時間もです！

いつもユウトだけがほめられているんじゃないでしょうか。

これは同じクラスメイトとして…、不公平だと思います！」


平はここいちばんの大声で主張した。両手は力強くパーに開かれていて、目はおにぎり先生をにらんでいて、くちびるはツンととがっていて、とにかく大迫力だった。

クラスの生徒は、物音ひとつ立てずにシンとした。

平はみんなの方をふりかえって、

「みんなも…、そう思うだろぉ！」と呼びかけた。

誰かが、

「そう言われてみると、そうかも…」

と、最初に言った。それをきっかけに、

「勉強以外に得意なことがある人もいるしな…」と別の誰かが言った。

教室は少しずつ、またざわめき始めた。

「わたし、ほめられてない。0回だ…」

「オレも」「ぼくも」

平の意見に、みんなが同調しはじめると、さわぎになりそうな気配を感じて、おにぎり先生は顔を青くした。

「あ…あは、は…は！」とおにぎり先生はひきつりながら笑ってみせた。そして、

「わ、悪かった！　口に出してはなかったが、頭の中ではほめていたぞ！　もちろん、みんなのいいところはわかってるぞ」

と、とりつくろうように、あわてて言った。

そのときだった。

とっても変なムードになった教室に、ひときわ大きなこっくり甘い声がとどろいた。


「平くん。オレちゃん、感動しました！」

▼　〓　契約成立

そのひときわ通る声は、ブラックだった。
興奮したせいなのか、突然、上半身をニョキニョキと巨大化させて、ブラックは叫んでいた。顔は、今や、でかい風船みたいにふくらんで、教室いっぱいくらいの大きさになった。そして、平の顔に自分の顔を、ビッタビタに急接近させる。

ぎゃああああああああああ

平は驚いてひっくり返り、尻餅をドスンとついた。

「なんだ…、誰だ、おまえ！」

と尻餅をついたままでブラックを指さした。

ブラックは、何事もなかったように、シュルシュルっと顔のサイズを元に戻して、平に自己紹介をした。

「はじめまして。オレちゃん、ヨーチューバーのブラックです。体のサイズが自由に変わる…こともあります。実は、激ヤバ動画を撮って、投稿しています」

すかさず、ブラックは手を差し伸べ、「大丈夫ですか」と平を引き起こした。

カメラちゃんは「じー」と音を立てている。もう撮影を始めている印だ。

「は?」と、平はただただあっけにとられている。

ともかく、ブラックに手を引かれて立ち上がった。さとしからは、ふたりが握手しているように見えた。


「そんなことより…」

と、ブラックは手をほどきながら、に~っこりと平に微笑みかけた。

「今のキミの発言で、クラスのみんなが不平等に気づきましたね。あなたは、人が気づかないこの世の不平等を、みんなに知らせることができる、ヒーローのようです! スター性がありすぎます!!」

そう叫ぶと、大げさなミュージカルのようにくるりと回り、左手をピッと伸ばして、ヒーローの変身ポーズのような構えをとった。

「キマった」

と、それを見ていたさとしがポツリとつぶやいた。

平は、

「えっ…。べ、べつに…、ヒーローじゃねーし。スターじゃねーし。そんなたいしたことないよ」

そうは言っているが、顔には赤みがさし、ふだんはあまり見ないような機嫌の良さで照れた。

「あ。始まってしまった…」と、さとしはまたポツリと言った。

「完全にブラックのとりこになるぞ…」

さとしは、長いつきあいで、ブラックの性格がわかるようになってきた。いつもは退屈そうにしているブラックが、片目をギラギラとさせ、生き生きとしているときは、だれかをだまそうとしている。それが今だ。

魔術をかけられたかのように、平の眉間のしわが消えていた。

ブラックの声はますますアイスクリームのように甘くなった。

「いやいや、平くん。キミだけが気づいている『不平等』がほかにもあるんじゃないですか？」

「うーむ」

「平くんだけが持つ、高感度センサーに引っかかるというか？」

「そんなにないよ…。でも、パッと思いつくのは……」

※小説の途中ですが、またもやお知らせです。
ここからしばらく、平くんの長いセリフが続きますが、読まなくても大丈夫です。

124ページごろに終わりますので、そこまで飛ばして続きを読んでも全然オッケー。


「…ペラペラペラペラペラペラペラ「うちのおこづかいは千円だけど、つねやの家は1

万円とか」ペラペラペラペラペラペラペラペラペラペラペラペラペラペラ「親戚の多い家はおとし玉がいっぱいもらえるとか」ペラペラペラペラペラペラペラペラペラペラ「絵がうまいだけでケンカ自慢の怖いやつらから気に入られたり」ペラペラペラペラペラペラペラペラペラペラペラ「よっしーの家はお父さんがゲーム好きだから家にゲームがいっぱいあるとか」ペラペラペラペラペラペラペラペラペラ「よっしーの家はゲーム1日2時間だけど、うちは1日30分だし」ペラペラペラペラペラペラペラペラ「やっちゃんちは旅行好きの親だから旅行に連れていってもらってるけどうちはそうでもないし」ペラ「学校に近いところに住んでいると遅くまで寝てられるし」ペラペラペラペラペラペラペラペラペラペラペラペラ「見た目がかっこいいだけでバレンタインデーにもらえるチョコの量が増えるし」ペラペラペラペラペラペラペラペラペラペラ「そういえば2組は下駄箱に近いから休み時間に先にサッカーゴールを取れるとか」ペラペラペラペラペラペラペラペラペラペラペラペラペラペラペラペラ「2組の先生はうちの担任のおにぎり先生より話が短いから早く家に帰れるとか」ペラペラ

ペラペラペラペラ「どういうわけだかわからないけど、オレだけよく虫に刺されるし」ペラペラペラペラペラペラ「夢の国遊園地でファストレーンすぐに使うやついるし、使えないやついるし」ペラペラペラペラペラペラペラペラペラペラ「2組が給食のカレーをこぼしたときに分けてやったのにそのお返しがいまだにないとか」ペラペラペラペラペラペラペラペラ「お兄ちゃんやお姉ちゃんがいる人はその学年の人たちに『アイツの弟か〜』ってかわいがってもらえるし」ペラ「お店にアジフライを食べに行ったらお昼前に売り切れていたんだけれど、仕入れの量が足りないんじゃないかと思ったし」「先に食べられた人はいいけど後で来て食べられなかった人はびっくりで、これは平等とは言えないんじゃないかと思うわけだし」ペラ「楽しみにしていた夏祭り、おみこしに乗れる子どもは1年で選ばれたひとりだけだったり」ペラペラペラペラペラペラペラペラペラペラペラペラペラペラペラ「たいちのパパは運動会の応援に必ず来るけど、うちは来なかったり遅れたりするし」ペラペラペラペラペラペラペラペラペラペラペラ「ま

あまあカラオケはうまいのに、歌ってても手拍子少ないし、時には無視されるとかあるし」ペラペラペラペラペラペラペラペラペラペラペラペラペラペラペラとかかなあ」

平は腕組みをしながら目を閉じて、時には唾を飛ばしながら一気にしゃべりまくった。出るわ出るわ。

さとしは聞いてるうちにクラッときて、途中からなんにも覚えていない。

しぼり出した言葉は、

「言われてみると、確かにそうだけれど、よくこんなにねちねちと思いつくなあ！」

という感想だった。平が、

「へっ、これくらい、だれでもパッと思いつくだろ！」

と、胸を張るので、

「おまえだけだよ！」と、かぶせ気味に叫んだ。

ブラックは超満足したようだった。映像に撮るときのフレームを決めるポーズのように、両手の指をL字にして組み合わせて、平の顔をのぞき込んでいる。

「いい…、いいですね、どこから見てもすてきだ。やはり、キミは…、鬼ヤバスターの素質がありますねえ」

と、ニーっと笑った。

平を撮る気だな

と、さとしがハッと気づくと同時に、ブラックはもうノートパソコンを開いていた。説明を始める気だ。

「平くん、さっきも言いましたが、オレちゃんはヨーチューバー。アイデアを思いつきましたよ」

調子に乗っているときのブラックの声は、ますます甘い。そして耳当たりがとてもスイートで気持ちいいのだ。

「オレちゃんと、こんな動画を撮りませんか、ジャン！」

そういうと、画面のサムネイルを見せた。
そこには、

世の中の
不公平を
平等に変えてみた！

●おこづかいの差
●見た目の差
●家の差

平が指を1本、ビッと立てて、ほがらかな笑顔で「ズルはゆるさん」と語りかけている写真が貼りつけてあった。
指先は光でキラキラと輝いていて、未来を良い方向へ変えてくれそうな立派な男が

映っていた。

「やりすぎだよ、ブラック！」とさとしは内心で思った。

平は、

「!?」

サムネイルを見て、一瞬だけ顔をゆがめた。

「あのなぁ…」

そして、怒ったようにブラックにまくし立てた。

「オレがさっき言ったことは絶対に変えられないことだから、不平等だって怒ってるんだ！」

「それが変えられちゃうんですよ」

ブラックは何食わぬ顔だ。

ふゆいつ

と口笛を吹くと、突然、教室の窓に向かって大きな鳥が近づいてきた。

校庭の上空をバサバサと音を立てながら飛んでくる。

やがて、窓から教室に入ってくると、鳥ではないことがわかった。

「ア魔ゾン」と書かれた段ボール箱の両側に羽がはえたものだった。

「来ました、来ました。魔界モールで注文したデビルツールですよ」

ブラックは超優秀なセールスマンのように説明した。ブラックの注文した荷物が亜空間を通って、教室の窓から届いたのだ。平は、

「デビルツールってなんだ?」

と目を丸くしてつぶやいた。

「見ればわかります。開封してみましょう」

ブラックは、そろっと、段ボール箱を開けた。そして、「カラーは艶やかで美しい黒を選びましたよ、あなたに似合うと思いましてね」と言うと、

「コウヘイテンビン」

と叫んで、〝それ〟をうやうやしく取り出した。

「コウヘイテンビン？　なんだそれは、理科で使う、上皿天秤か？」

と平がすぐに聞いた。

たしかに、全体の形は天秤に似ている。ブラックが説明する。

「フツーの上皿天秤は、重さを測るものですが、これは違います」

そう言った瞬間に、ちょっと悪魔じみた意地悪顔になったことを、さとしは見逃さなかった。ブラックは、

「では、平くん。実際にやってみましょう。なにかひとつ、平等にしたいことを言ってみてください」

と、黒いコウヘイテンビンを平に突き出した。

「おこづかいだ！」

平は、1本指を立てて、そうはっきりと言った。

「みんなはだいたい千円。つねやは1万円。同じであるべきだ！」

「では」と、ブラックは紙を2枚とペンを取り出し、

「1枚に、ずるいと思う人の名前、もう1枚に、損をしていると思う人の名前を書いてください」

と言った。平は、

つねや　（1万円）

クラスのみんな　（千円）

と書いた。

ブラックは、コウヘイテンビンの右と左の皿の上に、それぞれの紙をそっと置いた。

「さて次に、中央の画面に平等にしたい項目を入力しましょう。ここでは『オコヅカイ』と入れましょう」

タッチパネルに入力する。

「さあこれで準備はできました。いいですか、行きますよ！」

そして完了ボタンをタッチしたその瞬間だった。

キイイイイイイイイイイイイイン

コウヘイテンビンが奇妙な音を立てて細かく震えた。

やがて、すぐにそれは止まって、また静けさが戻った。


「な…なんか変わったのか？」

すぐさま平が言った。

どこかで変化が起きていないかと、さとしがキョロキョロしていると、

「ちょっと母さん、そ、そんな――!!」

と、突然つねやの大きな声がしたから、ふたりはビクッとなった。つねやのスマホに母から電話がかかってきたようだ。

「ご…、5500円だって？　どうしてだよ～」

つねやの目から涙がツーとこぼれ落ちた。

まさか。

さとしは鳥肌が立った。つねやは、

「テストが連続0点だからって…、おこづかい5500円だなんて。半分近く減らされた――」

と頭を抱えていた。

「どうです？　コウヘイテンビンの効果ですよ」

ひときわ甘い声で、ブラックが平に自慢した。

「クラスの平均千円と、つねやくんの1万円を足して2で割ったら、みんなのお小遣いが500円に！」

「ホントか…？」

平はまだ信じられずにいた。


放課後。

平が家に帰ると、とたんにお母さんがこう言った。

「ひとし、あなたももう高学年だから、今日からおこづかいアップよ！」

「!! …いくら？」

「500円」


うおお…これは偶然じゃねえ…!!!

平は、すぐさま公園へ向かった。そこで、ブラックとさとしが待っている。

「おい、その悪魔の道具、ホントだったのか…」

「ええ。わかってもらえましたか」

ブランコに乗っていたブラックはそう言うとパッと飛び降りた。

「というわけで、ぼくたち、組みませんか。キミは世界の不平等を見つけて正す。オレちゃんはその活躍を動画にしたい。その条件で、これをお貸ししますけど、どうします?」

ブラックの手には、夕日を受けてツヤツヤと黒光りしている「コウヘイテンビン」があった。

「や…」

平はごくりと唾を飲んだ。

「やるよ」

ブラックはにぃーっと笑った。平は、

「オレは平等が好きだし、世界はそうあるべきなんだ!」

と、こぶしを握った。

「ありがとうございます！　すばらしい動画になりそうです！」

ブラックは踊るようなステップを踏んで、平の周りをくるりと回った。

「それでは善は急げ、さっそくですが、ふたつの条件があります。ひとつ目は、コウヘイテンビンの効果が発動するのはカメラちゃんの撮影時のみ！」

「うむ」

銀色の小さな鳥のように飛び回っているのが、カメラなんだろう、と平は思った。「ジー」と音がするときは録画しているということだ。

「条件のふたつ目は…」

そう言うと、ブラックは、さっと書類の束を出した。ホチキスでとめてある。

「なんだ？」

「ブラックチャンネル出演契約書です。これにサインをしてもらいます！」

分厚い紙の束の表紙にはドクロのマークが描いてある。

右下にはサインをするスペースがある。

「企画契約書には撮影の内容が書かれています！　了解であればサインをお願いします。中身を読み上げましょうか？」

表紙をまじまじと眺めている平にブラックが言った。

そして、企画契約書を読み始めた。

ペラペラペラペラペラペラペラペラペラペラペラペラペラペラペラペラペラペラペ
ラペラペラペラペラペラペラペラペラペラペラペラペラペラペラペラペラペラペラペ
ラペラペラペラペラペラペラペラペラペラペラペラペラペラペラペラゴホンペラペラ
ペラペラペラペラペラペラペラペラペラペラペラペラペラペラペラペラペラペラペラ
ペラペラペラペラペラペラペラペラペラペラペラペラペラペラペラペラペラペラペラ
ペラペラペラペラペラペラペラペラペラペラペラペラペラペラペラペラペラペラペラ
ペラペラペラペラペラペラペラペラペラペラペラペラペラペラペラペラペラペラペラ
ペラペラペラペラペラペラペラペラペラペラペラペラペラペラペラペラペラ

人間わざとは思えないほどの早口だった。

「ああもういい、わかったよ」

しびれを切らせたように平は最後まで聞かないまま

平　等

と自分の名前をサインした。

「ディーール（契約成立!!）」

と、ブラックが叫んだ。

その横顔は、人間のものには見えなかった。

もう戻れませんよ、とでも言うかのように。
表情がざわざわと波打つように動いていた。

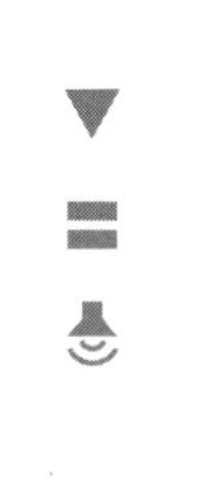

おにぎり先生が詰められた日

翌日――――。
ブラックと平は学校で相談を始めた。ブラックは面白い動画が撮れそうな予感がビンビンにしているらしく、笑いをかみ殺したような楽しそうな顔でイキイキしている。

「まずはなにを平等にしますか？　昨日は、いっぱいアイデアがありましたけれど」

ブラックがたずねると、平は、

「そうだな、先生にもテストをさせる！」

悪そうな笑顔を浮かべて指を1本立てた。

「テストですか！　それは思いつかなかった!!」

ブラックの左側の顔がパッと明るく輝いた。平は早口で言う。

「だって、オレたちはテストで悪い点を取ったら怒られる！　だが、オレたちは先生をテストできない！　これは不平等だ！」

「おお！　それは鬼ヤバなアイデアです。それでいきましょう！　子どもが大人をテストしたら、おもしろそうですねえ！」

「だろぉ？　コウヘイテンビンの出番だ！」

天秤の皿の右と左に「大人」「子ども」と書いた紙を置き、真ん中の画面に「テストノカイスウ」と打ち込んだ。これでセット完了だ。

「よし行け！」

キィィィィィィィィィィィン

コウヘイテンビンが奇妙な音を立てて細かく震えた。やがて、すぐにそれは止まって、また静けさが戻った。


そのときはなにも起こらなかった。

それから数日が経った。


「よーし、テストを返すぞ〜っ」とおにぎり先生の声が教室に響いた。

「さとし、また勉強不足だぞ！」

さとしは、0点のテストを渡された。全部×だ。がっかりだ。

「今回は、みんな点数が悪かった。ちゃんと復習をして、できるようになっておくこと！」

「「はぁ～い」」

生徒たちは生返事をした。

おにぎり先生は、機嫌が悪い。

本当にみんなの点がよくなかったのだ。１００点満点を取ったユウトは別にして、あまり勉強にはげまなかったようだ。

そして、テストをクラス全員にくばりおわったときに、

「ぼくらのテストの話は以上ですか？」

と、平がふいに発言した。

「お、おう」とおにぎり先生が答えると、

「では、先生…、ぼくたちからもテストを返しますよ～っ」

と、今度は平の声が教室に響いた。

クラスの中には、待ちきれずに、ふっふっふっふっふ、とひそかに笑うものもいた。

「う！」

形勢逆転だ。

平は自分の席を立ち、落ち着きはらった態度でツカツカと歩いて、教壇に上がった。

「発表します。先生、全教科、0点です！」

おにぎり先生はとたんに、冷や汗を流し始めた。

「おおお！」と教室がどよめいた。

平は、

「先生、ちゃんと勉強してください！」

と、先生のテストをふわ～っとばらまいた。

「あ！　恥ずかしい！」

とおにぎり先生が顔を赤らめた。

科目アニメ　0点
科目おもちゃ　0点
科目ヨーチューブ　0点

おにぎり先生は、３教科全部０点を記録した。

「むずかしすぎるんだヨォ！」

くやしそうに頭を抱えて転げ回った。

その名場面をカメラちゃんがジーと余すところなく録画した。

「見事に立場が逆転…いえ、平等です！」

ブラックがうまく解説した。

「小学生が、
大人を逆テスト!!
大成功ですっ!!!」

クラスのみんなは全員ニッコニコだ。

いつも0点ばかり取っているさとしはとてもうれしかった。

「おれだけじゃない！　おれだけじゃない！　大人だって0点を取るんだ！」

とガッツポーズをした。

平が、

「しっかり復習するように。次はどの科目をテストしようかな、『ゲーム』のテストもしようかな」

と言うと、おにぎり先生が、

「たのむ、やさしい問題にしてくれ！」

と叫んだので、教室中に拍手と大歓声が巻き起こった。

生徒たちはみんな立ち上がって、頭の上で拍手をした。

ブラックは、動画を編集した。「小学生が…大人を逆テスト！」の動画は、アップしたとたん、大バズりした。

「平くん、さすがです！」とブラックはほめあげた。

「まあな、オレはやっぱり間違っていなかったんだ」と平は胸を張った。

ここに、ヨーチューブ界を揺るがす、ブラックと平等の〝バズりコンビ〟が結成されたのだった。

ブラックは甘えるような声でささやく。

「次のネタは何にしましょう。公平にしたいネタはまだありますか？」

「バカ言え！　まだまだいっぱいあるぜ！　この調子でどんどん行くぞ！」

平は鼻息を荒くした。


平等を極めろー！


動画の第2弾はすぐに発表された。

「オレはチビだからバカにされる。世界中の5年生の身長を同じにする！」

平が堂々と宣言した。それを聞いたブラックは、

「そんな画期的なアイデアは、世界初じゃないですか？」

とカスタードクリームみたいな甘い声を出した。


平は、右の上皿に「身長の高い小学生」、左の上皿に「身長の低い小学生」と書いた紙を置いた。

真ん中のパネルに「セノタカサ」と入力した。さとしは、

「いくら悪魔の道具だといっても、そんなことはできないだろう」

と、思いながら、平がコウヘイテンビンを操作する指先を見ていた。

「カメラちゃん、うまく撮ってね。決定的なスクープ動画が撮れそうですよ」

とブラックが横でカメラちゃんにささやいている。

平は、ひとつ深呼吸すると、「よし行け！」。完了ボタンを押した。その瞬間…

キィイイイイイイイイイイン

コウヘイテンビンが奇妙な音を立てて細かく震えた。

やがて、すぐにそれは止まって、また静けさが戻った。


「ん？　んんん！」

さとしの目には、平等の背がにょ、にょ、にょき～と伸びるところが見えた。

「ジー」とカメラちゃんが撮影する音が聞こえた。

平の背が高くなっている。逆に、

「え――――!!　うそだろ～～～!!!」

さとしは頭の上から圧しつけられるのを感じた。だんだん背が低くなっていく。

もともと5年生の平均身長より高かったからだ。

平とさとしはためしに背中合わせになってみた。背比べだ。

「どうかな、ブラック？」

恐る恐るさとしが聞くと、

「まったく同じ高さですね」

ブラックはこともなげに言った。

「やったぜ!!」と、平は叫んだ。

クラスのみんなから、「わー」だの「きゃー」だの声が上がって、みんなで記念写真を撮ろうと言うことになった。

「背が低い人は前へ、高い人は後ろね～」

と、いつものようにいう人はいなかった。

全員が同じ背の高さだったから。その様子を見ながら、

「平等くん、さすがです！」

と、ブラックは感動していた。


次に、平等が考え出したシリーズ第3弾は、

「学校からの距離を全員同じ距離にする。全員が同じなら平等だ！」だった。

コウヘイテンビンの右の上皿に「学校から家が遠い生徒」、左の上皿に「学校から

家が近い生徒」と書いた紙を置いた。

真ん中のパネルに「ガッコウカラノキョリ」と入力した。

「そんなこと…できるわけないじゃん」

と、さとしはつぶやいたけれど、内心、とても興味を抱いていた。

平等は、これまでの成果で自信をさらに深めたのか、テキパキと作業を進めていた。

「さて、行きますよ。みなさん、おめでとうございます！」

そう宣言してから、「よし行け！」と完了ボタンを押した。その瞬間…、

キィイイイイイイイイイイン

例の音が鳴って振動し、そして止まった。しかし景色もなにも変わらなかった。

5年1組のみんなは、その日、3時半に午後のホームルームが終わると、「せーの」で、家に帰った。

「みんな、家に着いた時刻をちゃんと見ておくこと」

と、委員長のユウトが言うのを、平等は腕を組んで見つめていた。

さとしは、いつもの通学路で家に帰った。途中で角がくるたびに
「バイバ~イ、また明日~」とみんな別れていく。

家に着くと、靴を脱いですぐに台所にある大きな時計を見た。

「3時38分！　覚えておかなきゃ」

翌日、ドキドキしながら、学校へ行った。教室に入ると、みんなが
「3時38分！」と叫んでいた。

「「いっしょだ――!!!」」

「そんなことってある？」

「家が空中に浮いているのか？」

「この町はねじれちゃったのか？」

「家が遠い人は足が速くなったんじゃないか？」

いろんな説をみんなが口々に言った。

「どうですか？　学校に通いやすくなった人もいるんじゃないですか？」

平等がにこやかに教室に現れたとき、誰かれともなく、拍手をした。

「よくわからないけれど、すごい!!!」

生徒のみんなは笑っていた。

仕組みはよくわからないし、状況もよくわからないが、とにかくみんな、通う距離が同じになった。

「「「平等だ！」」」と歓声が上がった。

その盛り上がりを見ながら、ブラックが、

「さすがです！」

と甘い声で、平等をますますほめたたえた。

こうして、平はクラスをガンガン平等にしていったのだ。ヒーローだった。


あの日が来るまでは。

50メートル走の日

ある日のこと。平は家の自分の部屋で、考え事をしていた。

「明日はいやだな――。学校に行きたくないな」

体育の時間に、50メートル走のタイムを測る日なのだ。

平は、足が遅いのが悩みで、いつもクラスのドンケツだった。

タイムは表にして教室に貼り出されるので、いつも目立ってしまう。


オレだけいつもあんな目にあうのは……不平等だ…。


そう思いながら、手元の「コウヘイテンビン」を見つめていると、いいことを思いついた。

「よし、決めた！　これを使って、みんな同じタイムにすれば平等じゃん！」

使い方はすっかり手の内に入れている。もはや慣れたものだ。

右の上皿に「いちばん速い生徒」、左の上皿に「いちばん遅い生徒」と書いた紙を置いた。中央のパネルに「アシノハヤサ」と入れた。セット完了。そのときだった。


まてよ…。


そのとき、どういうわけだか、悪魔のようなアイデアが頭の中に舞いおりてしまったのだ。

「これって……、たとえば…、世界一足が速い、オリンピックの金メダルの人と、オレと、ふたりだけで平等にしてみたら…？　いったいどうなるんだ？」

これはやってみるしかない。好奇心と欲で平の目はギラギラと輝きはじめた。

「きっと面白いことが起きるに違いないぞ、ふふふふ」

さっき皿に乗せた紙を捨てて、新しい紙をそっと置いた。

右の上皿に「金メダリスト」左の上皿に「オレ」。

「そら行け！」

と、叫びながらボタンを押した。

キィイイイイイイイイイイイン

コウヘイテンビンが奇妙な音を立てて細かく震えた。

やがて、すぐにそれは止まって、また静けさが戻った。


そして次の日、体育の時間。

いよいよ、苦手だった50メートル走の計測のときがやってきた。

平は、自分の順番が来ると、手をぶらぶらさせて、首をコキコキさせた。

「位置について」

の声で、スタートラインに着くと、ダッシュにそなえてかまえた。

「用意、スタート」

平は走り出した。

シャッ　シャッ　シャッ　シャッ　シャッ
腕を大きく振り、地面を心地よく蹴って走る。ゴーーール!!!

「平のタイム、5秒7！」

計測係の声がはずんだ。

「えええ!!　すっげーー!!!」

「新記録じゃないか？」

クラスメイトはビックリだ。

「速すぎないか、クラス平均は9秒2だぞ」

「これ、県代表、いや、日本代表かも。おれらの学校に、逸材がいるぞ！　次のオリンピックの有力候補なんじゃないか！」

オ、オレだけ速くなってる……!!

平自身もさすがに驚いた。

「今の、動画に撮っておけばよかったなあ」

と、さとしは悔やんだ。

平は腹の底から湧き上がる喜びで、顔がゆがみそうになるほど、笑顔になった。

それを奥歯でぎゅっとかみしめながら、バレないようにひそかにニヤニヤした。

やべえ、コウヘイテンビンやべえ!

こ、これは気持ちいい～わ!!

いつもドンケツの悲しみを味わっていたのに、圧倒的ないちばんに、圧倒的な勝者に、なってしまった。喜びが後から後から込み上げてきた。

ふふ。この実験は成功だ。…ってことは、アレだぜ、オレと世界レベルの人をどんどん〝平等〟にしていけば……。オレはすげーパワーアップするぞ…!!

なんで今まで気づかなかったんだ、わはははは!!!

そのとき、平の肩越しから甘〜い声がした。

「平くん、足が速かったんですね〜っ」

「ヒィ、ブラック!!!」

心の声を聞かれたかと思って、平は肝を冷やして飛び上がった。

「50メートル走ではコウヘイテンビンを使わなかったんですね。平等のためには、てっきり使うものとばかり。だって、みんなが同じタイムにはなりませんでしたしね」

「お、おう…。使ってないぜ」

ブラック…鋭いやつめ。あぶない、あぶない。
このことは動画にできないから黙っておこう。
オレは今まで不平等でみじめな思いをしてきた…。
そう心で思ったとたん、平の顔が、みるみるとみにくく変わっていった。

…だから、オレはこの力を使っていい人間だ！
だって、これで平等だ…!!!
ふはははは！

だから、オレはこの力を使っていい人間だ！

これで平等だ…!!

この50メートル走のタイム計測の日から、平はすっかりと変わってしまった。
悪魔におだてられて、そそのかされたせいだろうか。

ゴリラと平等になる

その日からというもの、平は、せっせとコウヘイテンビンを使い始めた。
「イケメンランキング世界一のアイドルとオレの見た目を平等に！」
右の皿には「世界一のイケメンアイドル」、左の皿には「オレ」。センターパネルには「ミタメ」。
「それ行け！」

キイイイイイイイイイイン

コウヘイテンビンが奇妙な音を立てて細かく震えた。やがて、すぐにそれは止まって、また静けさが戻った。

「…ン」

少し間があって、シュッと音がした。

丸いジャガイモ形の顔がスッキリし体もやや細マッチョになった。

平等はその日、ドキドキしながら学校へ行ったが、最初はみんな反応がなかった。

だけどお昼休みくらいになると、女子の声が耳に入ってきた。

「ねえねえ、平くん、最近かっこよくなったかも…!!」

「わたし、実はキュンです♥」

「やったぜ!!　夢のようだぜ!!」

平は、とても気持ちがよかった。

そして、次々と新しいアイデアが浮かんできた。

「世界一たくさんのゲームソフトを持っているやつとオレのゲームソフトの数を平等に！」

キイイイイイイイイイイイイン

「世界一おやつを食べ放題の家のやつとオレんちのおやつの量を平等に！」

キイイイイイイイイイイイイン

こうして、平等は、好き放題のおやつとゲームを手に入れた。

もうお年玉の残り額や、親の顔色を心配しなくてもいい。

「ああ、さわやかな気分だ。人生が楽しいぞ！」

平等は自分の部屋で、大きくガッツポーズをした。

平等の才能はそこで止まらなかった。

やがて、ものすごい発見をしたのだ。

「人間だけじゃない。動物もアリじゃん！　世界一強いゴリラと、オレの力を平等に！」

右の皿には世界一つよい「ゴリラ」、左の皿には「オレ」。
センターパネルには「ワンリョク」と入力する。
「人間と動物…そんなことができるか？　しかし、今のオレには怖いものはない！
それ行け！」。平は完了ボタンを押す。

キイイイイイイイイイイイン

コウヘイテンビンが奇妙な音を立てて細かく震えた。やがて、すぐにそれは止まって、また静けさが戻った。

動物の力が本当に備わったのだろうか。

試すために、次の朝、学校へ行くと、クラスでいちばん腕相撲が強いダイチに、勝負を申し込んだ。

「ねえねえ聞いた？　平がダイチと腕相撲をするらしいよ」

「放課後だって。大勝負。見逃せないね！」

またたくまに噂が広がって、放課後は見物人で教室はいっぱいになった。

ダイチは堂々と現れた。

「どういう風の吹きまわしだか知らないが、オレは優中部小学校負けなしの腕相撲チャンピオンだぞ」

と自信満々だった。Tシャツのそでを肩までまくり上げ、自慢の筋肉を見せつけた。

平はそんなダイチにも気圧されなかった。

「ふふふ」と、こちらも堂々と見つめ返しただけだった。

「きゃー、わたしは平くんを応援するわ。キュンだから～!!!」

と、平ファンの女の子は黄色い声を上げていた。

そんななか、腕相撲は始まった。

「いざ勝負！」

「ぎゃ！」

コテン
一秒で勝負がついた。

「「「おおおおおおおお！」」」

教室に大歓声の渦がまき起こる。

ダイチは、平に負かされた。ついに、優中部小学校の腕相撲チャンピオンが入れ替わった。

「ふふふ、金！　見た目！　力！　もの！　すべて世界一の人と平等にできる！」

新しいチャンピオンとなった平は、超かっこよくガッツポーズを決めたのだった。

平は、クラスのみんなとハイタッチした。

ダイチはくやしくて泣きそうな顔になり、肩を落として、しょげていた。

「よーし、どんどん平等を進めていこう！」

その日、平は、人生のこれまでいちばん最高な気分で家に帰った。

そしてまた、悪魔のような新しいアイデアを思いついたのだった。


「いいこと考えた！　『オレ無敵計画』だ。まずは世界一健康で丈夫な体を、うばってやる」

コウヘイテンビンの左の皿に「オレ」と書いた紙を、右の皿に「世界一の健康な人」と書いた紙をのせた。

機械の中央のタッチパネル画面に「カラダ」と入力した。

「よおし、イケ――――っ!!!」

キイイイイイイイイイイイ

イン

ボワわわわん

「ふ、これで、すごい体を手に入れ……ン？　んんん？　なんかおかしいぞ」

これまでとは、なにかが違った。体が全然動かない。

おかしいぞ。

急に体の自由がきかなくなった。

平は異変に気がついた。

足がない。手をつこうとして驚いた。手もない。

「……………」

おなかのあたりに力を入れてみた。「ピチピチ」と音がした。

「なんだ？　この音は。え」

もう一度ふんばってみたら、また「ピチピチピチ」と音がした。

「あ？」

ピチピチピチピチ　ピチピチピチピチ

⁉

「これは健康の反対じゃないか。使いすぎてテンビンが壊れたのか」

平は焦った。アゴで床を押して、少しずつ、向きを変えてみた。鏡を見ればわかるはずだと考えた。

平は、イケメンになったり、スマートになれたのがうれしくて、全身が映る「姿見」という大きな鏡を買って、自分の部屋に置いているのだ。

それで、毎日、自分の姿をうっとりと眺めていたのだ。

「ようし、よいしょ、よいしょ」

アゴを使って、ピチピチの力もどうにか使って、うつぶせの体を少しずつ回したら、ようやく鏡に自分の顔が映った。知っている自分の顔だった。それから体も映った。

「な、ナンジャコリャ――――!!!」

平は大声で叫んだ。目が飛び出るほど驚いた。そこに映ったのは、見たこともないようなおそろしい姿だったのだ。

「こ、これは…オレ…なのか？　オレの体が――」

顔は人間の平の顔だ。だが、首から下には魚の体がくっついていた。ピチピチと言っていたのは、尾びれが左右に揺れるときに出た音だったのだ。

頭は人間、体は魚……、奇妙な形の魚人間が、鏡に映っていた。

「ぎゃ――」

魚人間になった平はもう一度叫んだ。

「どういうことだ!!!」。そして、また、えっちらおっちら、アゴと尾びれを使って、向きを変えた。胸びれは短すぎて、床にはとどかなかった。時間をかけてなんとかコウヘイテンビンを置いた方を見てみた。

左の皿には「オレ」と書いた紙がのっている。中央の画面には「カラダ」と表示されている。そこまでは合っている。なんの問題もない。

だが……右の皿には **「おさかなちゃん」** と書いた紙がのっていた。

「お、お、お、お、おさかなちゃん!!! だ、誰だ、こんな紙を勝手にのっけたのはーっ!!」

そのとき、平のベッドから黒い影がむくっと起き上がった。

「オレちゃんでーす!」

その場にそぐわないような、明るくて甘いピンク色の声がした。

「ブラック!!」

隣には「ジー」と音を出して、録画中のカメラちゃんがいた。

平は思いっきり首を上の方に向けて、

「まさか…、おまえが置いたのか」

と言った。力を入れた拍子に、尾びれがピチピチと動いた。

まるで活きのいいマグロみたいだ。

「そうでーす！」

「ふざけんな。元に戻せーっ!!」

平は、エラも使って大きな声を出した。その拍子に汗がぬるぬると出てウロコをツヤっと光らせた。

ブラックは左目だけをギュインと大きくした。

じっと平を眺め、それから、口を顔の半分くらいまで大きく開けた。
そして、バニラアイスクリームのような、こっくりとした甘い声で質問をした。

「カカカカ。カメラちゃんがずっと動画を撮っているんですが…、平等くん、コウヘイテンビンを使う条件を、もしか〜し〜て〜〜〜忘れましたか？」

魚人間になった平は、ブラックの左目を見つめ返した。

「む！」

平は少しずつ思い出した。あの時のブラックの言葉。

——というわけで、ぼくたち、組みませんか。キミは世界の不平等を見つけて正す。オレちゃんはその活躍を動画にしたい。その条件で、これをお貸ししますけど、どうします？

平がすっかり思い出すのを待ってから、ブラックはゆっくりと言った。

「自分のために使ってしまいましたねぇ」

口がパカっと開いた。ギザギザした悪魔の歯並びが見えた。食べられそうな気がして、魚の平はドキンとした。

すぐに、ブラックは呪文をとなえた。**ブラックホール！**

これは奈落の底に落ちていく魔法だ。
平の部屋の床がいきなりストンと抜けて、落とし穴になった。

「うわ―――――っ」

落ちていく、落ちていく。暗闇の中で、スピードがどんどん上がっていく。
だいぶ落ちたのにまだ止まらない。どこまで落ちるのかわからないほど、深く深く穴の底へと落ちていく。魚の平は全力をふりしぼって胸びれと尾びれをピチピチさせたがなんの役にも立たなかった。ただただ、真っ暗な穴の底へと飲みこまれていった。
やがて……、

ドン

どこかに打ち付けられ、ピシャっと1回跳ね上がって、魚の姿の平はようやく止まった。衝撃で、ウロコが2枚くらいはがれたようだ。

「いてっ…どこだ、ここは!」

暗闇の中。ざわざわとした声が遠くから聞こえてきた。

タイラーっ

タイラーが来たぞ――

うぉお、タイラーっ、　ズルしたなタイラー

ズルタイラー、ズルタイラー

最初は小さい声に思えたけれど、よくよく気がつくと、だんだん大きくなっていって、いまでは、むしろ耳をふさぎたいほどの大歓声と言った方がいい。

平の意識がはっきりしてきて、少しずつまわりの様子がわかってきた。ここは広い。そして黒い雲に覆われて、とても天気が悪い。そして、広大なサッカー場の真ん中にいるような感じだった。やがて、あたりが少しずつ明るくなってきた。どうやら周りには観客席のスタンドがあって、たくさんの観客が集まっているのだ。そのみんなが平を見て、声援を上げているのだ。

待ってたぞー
待ちくたびれたぞー
タイラーっ、
タイラーっ、
ズルタイラー、ズルタイラー

「ここは…どこだ!」

と、もう一度、魚の平は叫んだ。

「ここは、魔界だよ…」

声がした方にむりやり体を曲げて見てみると、観客席のいちばん前の席にさとしが座っていた。

「さとし！　魔界って⁉」

「ブラックに連れてこられたんだよ、平くん」

今やはっきりと周りが見えると、ここは5万人以上は客が入りそうな、超巨大スタジアムだ。全部の座席に誰かが座っている。

やがて、スタジアムの巨大スクリーンに電気がついて、スピーカーから声がした。

ブラックだ。

「魔界へようこそ。平くん。そして、観客席にいるのは、キミの動画のファンたちですよ！」

ズルタイラー、ズルタイラー

「ほ〜らね、とてもバズっているでしょう？」

ブラックは特別に機嫌が良さそうだ。

「ファン？」

魚になって、首がなくなってしまった平は、胸びれと尾びれを使って、体の向きを変えた。

よく見ると、客は全員、お化けだった。

「ひ、バケモノ！」

どう見ても人間ではない。お化けだ。怪物だ。悪魔だ。

肌の色がオレンジやら紫やら……、手が何本も生えているものやら……、目が8つ縦に並んでいるのやら……、牙が足に爪が口に生えた猛獣やら……、作業服姿の野球帽のおじさんやら……、牛の頭をしたプロレスラーのような体つきの巨人やら……、カニとコウモリが合体した生き物やら……、やたら全身から蛍光ピンクの液体を流し続けているのやら……、足が14本ある犬やら……、……見たことも、想像したこともない生命体が、ぎっしりと集まって、平に向かって叫んでいるのだ。

客たちはみな興奮している。平は恐怖でブルブル震えた。震えた拍子に、魚のようにピョンと跳ね上がって、それがまた大きな歓声を呼んだ。

「おめえもバケモンだろ、ズルタイラー」と、誰かが言った。

「オ、オレは人間だ！」と、平は言い返した。

「ようこそ、お集まりのみなさん、そう…、平くんはとても人間らしい人間なんです。いまは魚の姿をしていますけどね。面白い本性を隠していました」

ブラックのはちみつパイのような甘い声がスタジアム中に響いた。

「平等が好きだと言いつつも、自分が得するとわかると、ものすごく不平等なことをする人でしたねえ」

そのとき、ようやく平は自分が巨大天秤の片方のお皿にのせられていることに気がついた。

声の主のブラックはというと、スタジアムの祭壇のようないちばん高いところにスッと立っていた。平は声を震わせながらブラックに言った。

「オレはほかのやつらに比べて、ずっと負け組だったんだ…」

そして、精一杯、顔を上げて、ブラックを見ようとした。平は大声をしぼりだした。

「だから、コウヘイテンビンで勝ち組になって…、これで平等なんだ！」

ブラックは、表情ひとつ変えずに平を見下ろしていた。

「じゃあ、元どおり、損しても文句ないですね…」

ピスタチオバターサンドのような甘い声で言った。悪魔の宣告だった。

ディスイズ、炎ターテイメントォー!!

呪文を言うやいなや、祭壇から飛び降り、すごい速度で平に向かってきた。

「あああああ――」

超巨大な足から繰り出されるデビルキックが、天秤の片方の皿を突いた。

その瞬間、

炎ターテイメントォ！

バンゴォーーン

天秤に力が加わって、反対側の皿の上にいた平は反動で跳ね上がった。

「あああああああぁぁぁぁぁぁぁぁぁぁ――――」

平が真上に向かって飛翔していった。口に針がかかって、釣り上げられた大物魚が糸で引っ張られているようだった。

観客たちは、光の速さで飛んでいく平等を見上げて手を振った。

「この悪魔ー!!!」

小さくなっていく平の声がかろうじて地上に聞こえた。その姿はだんだんと豆粒みたいになり、大気圏を突破した。やがて星になった。

その一部始終を満足げに見届けたブラックは、

「悪魔…ですが、それがなにか?」

得意のセリフを決めて、ニッタリと悪魔の微笑みを浮かべたのだった。

巨大スクリーンには、この動画が完成したことを記すように、ピッカピカのサムネイルが浮かび上がり、何発も花火が上がった。

なにかを祝福しているようだった。

平等大好き、
平等くんが、
いちばん
不公平だった!!

エピローグ

「はっ」

気がついたら、さとしは、学校にいた。授業中だ。

「すごいぞ、ユウト、すごいぞー、えらい！」

おにぎり先生が、ユウトをほめていた。

ほめていた。

ほめていた？　そういえば、平は、先生がほめた回数を数えていたんだった！

平はどうなったんだ？

ぼんやりとした頭でそう思ったさとしは、おそるおそる平の席を見た。

意外なことに、平は、ちゃんと人間の姿で座っていた。そして、

「ユウトすげーなぁ。オレもがんばろ…」

平が素直にユウトをほめるのが聞こえた。前のようにねちねちと自分と他人を比べなくなっていたのである。さとしはこう思った。

『……てことは、平は魔界に行って、よかったってことなのか』


「じゃ、この問題わかる人、さとし！」

おにぎり先生がさとしを当てた。

「ヒイィ！」

油断していたさとしは名前を呼ばれて、びっくりしてイスから飛び上がった。

「さとしって、ほんとにいつも、おもしろいなぁ…。勉強はダメだけどね」

平が言った。そしたら、クラス全員に笑いの渦が起こったのだった。


そのころ、ブラックはいつものように屋上でのんびりと羽を休めていた。

「人間世界には、完全な平等なんてないですし、他人と比べたらキリがないですからね」

5年1組の教室の様子を遠くからながめながら、ブラックはつぶやいた。

隣でカメラちゃんが、「その通り！」と言ったかのようにあいづちを打った。

「しかし、平くんは、なかなか面白かったです。人間らしかった。悪魔にはない感性の持ち主でしたね。……さてと、また次のターゲットを探しましょうか。スター候補がいるはずですよ。優中部小学校には、まだまだ楽しめる人間がいそうですから」

ブラックは校庭で遊ぶ子どもたちを見回した。

屋上には気持ちのよい風が吹いていた。ブラックの黒い髪がふわっと揺れた。

「ん？」

とブラックが言ったとたん、カメラちゃんが向きを変えた。


？

「あ。読者のキミ。キミのことですよ。キミ、なかなかスター性がありそうですね」

ブラックがニコニコしながらキミを指さしていますよ。

「人間らしい、いいにおい、出してますね、あなた？
出てみませんか？
ブラックチャンネル！
おまかせください、
キミのスター性を、オレちゃんがひきだします」

（おしまい）

★小学館ジュニア文庫★ ワクワク、ドキドキがいっぱいのラインナップ

〈みんな読んでる「ドラえもん」シリーズ〉

小説 映画ドラえもん のび太と緑の巨人伝
小説 映画ドラえもん のび太の人魚大海戦
小説 映画ドラえもん のび太と奇跡の島
小説 映画ドラえもん のび太の宇宙英雄記
小説 映画ドラえもん のび太の南極カチコチ大冒険
小説 映画ドラえもん のび太の宝島
小説 映画ドラえもん のび太の月面探査記
小説 映画ドラえもん のび太の新恐竜
小説 映画ドラえもん のび太の宇宙小戦争 2021
小説 映画ドラえもん のび太と空の理想郷
小説 映画ドラえもん のび太の地球交響楽

小説 STAND BY ME ドラえもん
小説 STAND BY ME ドラえもん 2

ドラえもん 5分でドラ語り ことわざひみつ話
ドラえもん 5分でドラ語り 四字熟語ひみつ話
ドラえもん 5分でドラ語り 故事成語ひみつ話

〈大好き！ 大人気まんが原作シリーズ〉

小説 アオアシ 全5巻

小説 青のオーケストラ 1
小説 青のオーケストラ 2
小説 青のオーケストラ 3

いじめ 全11巻
おはなし 猫ピッチャー 全2巻
学校に行けない私たち
思春期♡革命 ～カラダとココロのハジメテ～
12歳。アニメノベライズ ～ちっちゃなムネのトキメキ～ 全8巻

次はどれにする? おもしろくて楽しい新刊が、続々登場!!

小説 二月の勝者 ―絶対合格の教室― 春夏の陣
小説 二月の勝者 ―絶対合格の教室― 秋の陣
小説 二月の勝者 ―絶対合格の教室― 決戦開幕
小説 二月の勝者 ―絶対合格の教室― 不屈の熱戦

人間回収車 全3巻
はろー! マイベイビー
はろー! マイベイビー2
はろー! マイベイビー3
はろー! マイベイビー4

ブラックチャンネル 動画クリエイターが悪魔だった件
ブラックチャンネル 鬼ヤバ動画がブラック校則をあばいた件
ブラックチャンネル 異世界では鬼ヤバ動画の撮れ高サイコーな件

小説 柚木さんちの四兄弟。1
小説 柚木さんちの四兄弟。2

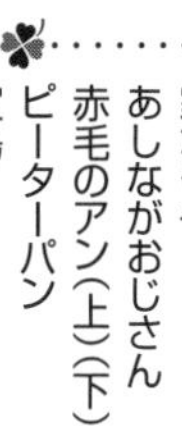

〈時代をこえた面白さ!! 世界名作シリーズ〉

小公女セーラ
小公子セドリック
トム・ソーヤの冒険
フランダースの犬
オズの魔法使い
坊っちゃん
家なき子
あしながおじさん
赤毛のアン(上)(下)
ピーターパン
宝島

Shogakukan Junior Bunko 

★小学館ジュニア文庫★

ブラックチャンネル

異世界では鬼ヤバ動画の撮れ高サイコーな件

2024年10月２日　初版第１刷発行

著者／すけたけしん
原作・イラスト／きさいちさとし

発行人／井上拓生
編集人／今村愛子

発行所／株式会社　小学館
〒101-8001　東京都千代田区一ツ橋２－３－１
電話／編集　03-3230-5105
販売　03-5281-3555

印刷・製本／加藤製版印刷株式会社

デザイン／佐々木俊（AYOND）

Printed in Japan　ISBN 978-4-09-231495-5